Clemens Berger
Haus des flüssigen Goldes

Clemens Berger

Haus des flüssigen Goldes

Roman

Residenz Verlag

Der Verlag dankt für die Unterstützung

Kulturland Burgenland
LAND SALZBURG Kultur
Stadt Wien

Bibliografische Information der Deutschen Nationalbibliothek
Die Deutsche Nationalbibliothek verzeichnet diese Publikation in der Deutschen Nationalbibliografie; detaillierte bibliografische Daten sind im Internet über http://dnb.dnb.de abrufbar.

www.residenzverlag.com

Umschlaggestaltung: boutiquebrutal.com

Typografische Gestaltung, Satz: Ekke Wolf, typic.at
Lektorat: Jessica Beer
Gesamtherstellung: Finidr, Tschechische Republik
ISBN 978 3 7017 1791 0

FSC www.fsc.org MIX Papier | Fördert gute Waldnutzung FSC® C014138

Throw the stone meant for your head.
Make it a present.
Insomniac

1

Ich musste lachen, wenn ich daran dachte, wie viel wertvolle Milch ich in meinem kurzen Leben als Mutter in die Toilette gekippt hatte. Ich hatte keine Ahnung gehabt, was ich mit dem stetig anwachsenden Vorrat für die ohnehin immer gestillte Mia anfangen sollte. Nach ein paar Tagen war die Milch im Kühlschrank nicht mehr genießbar, das Eisfach zum Bersten voll, ich schüttete die Milch weg und warf Gefrierbeutel in den Müll, mein Busen war wieder voll und meine Tochter so satt, dass das Surren des Kühlschranks wie höhnisches Gelächter klang. Ich hatte nicht gewusst, dass ich damit Geld verdienen konnte. Als ich es wusste, hatte ich einen Kunden. Ich blickte in den Rückspiegel und bog in den Parkplatz vor dem *Haus des flüssigen Goldes* ein.

2

In der Nähe des Eingangs stand ein gutes Dutzend Menschen, die nicht wie Kunden aussahen; ihretwegen hatte uns Clarissa in der Früh angewiesen, die Hintertür zu nehmen. Ich wollte nicht die Hintertür nehmen. Ich parkte meinen Wagen, holte Mia aus dem Kindersitz und die Kühlbox aus dem Kofferraum. Ich hatte zu Hause vorgearbeitet.

Mit Mia auf dem linken Arm und der Kühlbox in der rechten Hand machte ich mich zum Eingang auf, vor dem unsere Sicherheitsmänner mit verschränkten Armen standen. Der Himmel war blau, ein paar Wolken zogen schnell darüber, die Sonne schien, einer unserer Männer eilte auf mich zu und bedeutete mir, stehenzubleiben. Ich blieb nicht stehen. Die Menschen, die keine Kunden waren, hatten sich um ein Transparent versammelt, auf dem *Haus der Gier* stand, ein paar von ihnen hielten Zettel in den Händen, um sie Kunden anzudrehen, die so schnell wie möglich an ihnen vorbeizuhuschen versuchten.

»Maya, ich bring euch hinten rein«, sagte der Sicherheitsmann. »Wenn's nach uns ginge, würden wir mit denen nicht so zimperlich verfahren.«

»Ich gehe beim Eingang rein.«

Ich ging unbeirrt weiter, der Mann folgte mir, unschlüssig, ob er vor, neben oder hinter mir gehen sollte. »Wir brauchen keinen Schutz«, sagte ich Mia, die mit ihren Fingerchen in meinem Gesicht herumtappte, »wir haben auch bisher alles ohne geschafft.«

Die Aufgeregten, etwa zur Hälfte Männer und zur Hälfte Frauen, waren zwischen zwanzig und dreißig Jahre alt. Sie sahen nicht nur aufgeregt, sie sahen auch überaus ernst und empört aus. Die einen waren bunt und eher abgerissen gekleidet, die anderen ganz in Schwarz, schwarze Hosen, schwarze Kapuzenpullover, schwarze Sonnenbrillen. In losen Grüppchen standen sie etwa zehn Meter vom Eingang entfernt, ich nickte ihnen lächelnd zu, als ich auf die gläserne Schiebetür und die beiden anderen Sicherheitsmänner zuschritt. Ich wusste nicht, ob es an mir lag oder an dem Mann, der mir nun folgte, dass auf einmal ein Raunen anhob, in das sich grelle Pfiffe mischten. Jemand blies in eine Trillerpfeife, Mia zuckte zusammen, ein lautes Buh folgte, das in einen Buh-Chor mündete.

»Schäm dich!«

»Pfui!«

»Haus der Gier! Haus der Gier!«

Wenige Schritte vor dem Eingang lächelte ich den Sicherheitsmännern zu. Ich fühlte mich an die Zeit erinnert, in der ich Basketball gespielt hatte; so ähnlich hatte es geklungen, wenn wir auswärts angetreten waren.

»Deine Mutter ist eine Schande für alle Mütter!«

Ich blieb stehen und drehte mich um. Der Mann, der mir gefolgt war, blieb ebenfalls stehen. Mit einem Kopfnicken forderte er mich auf, endlich ins Haus zu gehen. Ich blickte in die überschaubare, wütende Menge. Pfiffe gellten mir entgegen, Mia blickte mich mit großen Augen an; es war noch nicht ausgemacht, ob sie amüsiert oder verängstigt war.

»Wer hat das geschrien?«

Ich sagte es leise und bestimmt, blickte von einem zur anderen. Die meisten funkelten mich an, einige mieden meinen Blick. Eine Frau hatte ein Baby umgehängt, ein Mann die Faust geballt. Eine Zeitlang war es still, ehe eine Frau buhte, woraufhin der Krawall wieder anschwoll. Zwei junge Männer hielten das Transparent, stießen die Stöcke, an denen es befestigt war, rhythmisch von oben nach unten, der Schriftzug *Haus der Gier* wellte und spannte sich, die Aufgeregten skandierten: »Haus der Gier!, Schande über euch!«

Ich ging in die Knie, stellte die Kühlbox ab, richtete mich auf, zeigte den Aufgeregten meinen Mittelfinger, ging wieder in die Knie, hob die Box hoch, drehte mich um und schritt ins *Haus des flüssigen Goldes*. Die Sicherheitsmänner am Eingang nickten mir zu.

3

Auf dem großen Flachbildschirm über der Kassa im Verkaufsraum entdeckte ich meinen Namen an erster Stelle. Was ich einmal für einen Fluch der Natur gehalten hatte, hatte sich in eine sprudelnde Einnahmequelle verwandelt. Seit drei Tagen war meine Milch die teuerste.

Ich wusste nicht, wie lange ich das noch durchhalten konnte; aber jeden Monat, den ich dabeiblieb, konnte ich eine schöne Summe beiseitelegen, zumal ich gar nicht dazu kam, viel Geld auszugeben. Ich aß hier besser als zu Hause, auch besser als in den Lokalen, in denen ich vor Mias Geburt gegessen hatte, Mias Betreuung war kostenlos, ihre Kleidung kam von meinen Freundinnen, deren Kinder aus den kleinen Größen herausgewachsen waren, ich hatte sogar meine sterilisierte Pumpe verkauft, weil wir Pumpen von der Firma bekamen, die das Haus ausrüstete.

Ich hätte gerne gewusst, warum ausgerechnet ich eine Schande für alle Mütter sein sollte. Ich sah keine Schande darin, für meine Tochter zu arbeiten. Natürlich hätte ich meine überschüssige Milch einer Milchbank spenden können; aber wer hätte dann unsere Miete, unser Essen und alles andere bezahlt? Da draußen hatte ich mehr als Wut und Verachtung gespürt. Da war auch Hass gewesen, echter, giftiger Hass. Der Ruf hatte in erster Linie Mia gegolten. Sie sollte spüren, dass ihre Mutter abzulehnen war, ein schlechter Mensch. Das war anders als die Pfiffe und Schmähungen beim Basketball, die etwas Eingeübtes hatten.

Ich übergab Mia den beiden Pädagoginnen. Es war eine Wohltat, wie Mia sich freute, von ihnen in Empfang genommen zu werden, wie sie aus meinen Armen in die Arme einer anderen Frau überging und dabei strahlte. Anfangs hatte Mia geheult und geschrien, sich an mir festgekrallt; ich hatte mich jedes Mal elend gefühlt, wenn ich sie von mir hatte reißen und für eine Viertelstunde vor der Tür hatte warten müssen, während ich meine Tochter verzweifelt brüllen hörte. Jetzt drehte sich Mia nicht einmal mehr nach mir um, wenn sie zu den anderen kam. Allein dafür, dachte ich, würde ich Clarissa ewig dankbar sein.

Als ich in meinem Zimmer die Milchpäckchen aus der Kühlbox in den Kühlschrank schlichtete, vibrierte mein Mobiltelefon. *Genau meine Geste, Kuss, C.*

Jemand hatte ein Foto gemacht, das bereits hunderte Male geteilt worden war. Da stand ich, Maya, im schwarzen Trainingsanzug, mit knallgelben Turnschuhen, eine Sonnenbrille im Gesicht, mit meiner Tochter, deren Gesicht man zum Glück nicht sehen konnte, auf dem Arm, vor dem Eingang zum *Haus des flüssigen Goldes*, hinter mir zwei grimmige Sicherheitsmänner, neben meinem rechten Turnschuh eine große Kühlbox – und streckte formvollendet meinen Mittelfinger in die Luft. Ich sah weder verärgert noch wütend aus. Ich hatte ein leises Lächeln um die Mundwinkel.

Das hat diese Frau euren hungrigen Babys zu sagen.
So verhöhnt sie eure Kinder.
Ein Stinkefinger für eure Not.
Keine Milch für Arme.
Verhungert, ihr Verlierer!

Sätze wie diese begleiteten das Bild oder standen in fetten Lettern darauf geschrieben. Um die Zeit nicht unnütz verstreichen zu lassen, hatte ich eine Pumpe angesetzt, während ich die Fotos betrachtete und die Kommentare las, in denen mir, meinem Kind und dem *Haus des flüssigen Goldes* alles Schlechte dieser Welt gewünscht wurde. Ich verstand, warum mich Clarissa in einer weiteren Nachricht eindrücklich davor gewarnt hatte, die Kommentare zu lesen. Ich überflog die Kommentare, las die Beleidigungen, sah auch die Bilder, auf denen der Preis meines Trainingsanzugs, der Preis meiner Schuhe, der Preis meiner Sonnenbrille verzeichnet waren. Meine Milch solle versauern, meine Brüste sollten verschrumpeln, meine Tochter solle an der Gier des Hauses ersticken – das waren noch die gemäßigteren Wünsche für eine Person, die ich nicht mit mir in Verbindung bringen konnte.

Das wahrhafte Ausmaß des Irrsinns entdeckte ich erst auf meinem eigenen Profil. Ein bösartiger Sturm war über es hinweggezogen und hatte kein einziges Bild, das ich im letzten halben Jahr veröffentlicht hatte, unberührt gelassen. Ich las auch die wohlwollenden Kommentare, die Sätze und Worte, die zu meiner Verteidigung geschrieben wurden, als meinten sie eine andere. Mein digitaler Briefkasten schien zu platzen. Ich öffnete ihn nicht.

Ich hatte auch nicht die Zeit, um all die haarsträubenden Kommentare zu löschen, abgesehen davon, dass auf eine gelöschte Beleidigung zwei neue kamen. Ich legte mein Mobiltelefon beiseite und schloss die Augen. Das Fläschchen war beinahe voll, ich hörte es am Plätschern der Milch, schraubte es von der Pumpe, leerte die Milch in ein Päckchen und brachte es zum Kühlschrank.

»Die Hintertür hätte gewisse Vorteile gehabt.«

Clarissa lehnte lachend an der offenen Tür, ihr Haar war noch nicht trocken. Sie musste mich beobachtet haben. Ich wollte mich für meine locker sitzenden Gliedmaßen entschuldigen, sie schnitt mir das Wort ab und fragte, wofür ich mich entschuldigen wollte, ich hätte denen doch überaus elegant den Finger gezeigt. Ich wollte erklären, warum ich das getan hatte, sie unterbrach mich. Ich müsse mich nicht erklären, heute aber mit Mia im Haus oder in einem Hotel übernachten. Man könne nicht wissen, wozu diese Leute fähig seien. Im Grunde seien sie Feiglinge. Aber die Meute da draußen wachse.

Ich fragte Clarissa, was sie zu tun gedenke. Nichts, entgegnete sie. Mit jedem Aufruf zur Empörung wüssten mehr Menschen, wo sie die beste Milch bekämen. Sie rufe auch nicht die Polizei. Sie zwinkerte mir zu. Sie unterdrücke doch nicht die freie Meinungsäußerung.

»Du hast mir beim Training gefehlt.«

»Ich habe auch gepumpt«, sagte ich.

Clarissa lachte. Sie forderte mich auf, nachher oben bei Anna vorbeizuschauen, die sich um die Hasskommentare auf meinem Profil kümmern würde. Ich dankte Clarissa und nannte sie wie immer, wenn wir einander nahe waren, Boss.

»Ich habe zu danken«, sagte sie. »Die Nachfrage nach deiner Milch explodiert.«

4

Am frühen Nachmittag empfing mich Anna oben in ihrem Büro, in das man über eine breite Treppe gelangte. Die Tür zu Clarissas Büro nebenan war wie immer angelehnt. Sie saß auf ihrem roten Yogakissen und atmete tief ein und aus. Clarissa fing Vögel. Eine halbe Stunde, jeden Tag, aufrecht auf dem roten Kissen, die Augen geschlossen, die Konzentration auf den Atem und die Nasenlöcher gelenkt, die Gedanken ziehen lassen, sie leidenschaftslos beobachten und weitertreiben lassen – biochemische Abläufe, auf die man sich gern so viel einbildete. Ein Stirnband maß dabei die Aktivität ihrer Gehirnströme. Wenn sie auf dem roten Kissen saß und ihr Gehirn ruhte, hörte man Vögel auf ihrem Mobiltelefon. Ich lauschte kurz. Ihr Büro war ein zwitscherndes Vogelnest.

Auf dem Bildschirm sah Clarissa ihre Kunden am liebsten. Hier waren sie in Zahlen und Statistiken verwandelt. Hier kauften sie pro Tag soundso viele Liter Renata und soundso viele Liter Mariella, wobei sie für das Geld, das sie für Renata ausgaben, um einiges mehr von Mariella bekommen hätten. Hier formten sie eine Linie, die im Zickzack verlief, sank oder anstieg, hier sprachen sie ein eindeutiges Urteil über das *Haus des flüssigen Goldes*.

Seit seiner Eröffnung stieg die Linie kontinuierlich an, unterbrochen nur von gelegentlichen flachen Phasen und minimalsten Verirrungen nach unten. In der letzten Woche waren die Verkäufe um sagenhafte sechzig Prozent gestiegen, Clarissa hatte zehn neue Frauen angestellt, ich war noch dabei, mir ihre Namen zu merken, trotzdem fand sie sich zum ersten Mal in einer Situation, in der es schwierig zu werden drohte, mit der Nachfrage Schritt zu halten. Das sei die Krise, hatte sie mir auf der Hantelbank gesagt und sich den Schweiß von der Stirn gewischt, ein Geschenk des Himmels, also des Zufalls. Es gebe aber keine Zufälle. Als sie das Haus in ihrem Kopf erschaffen habe, müsse sie geahnt haben, was komme. Sie habe sich so tief in die Materie versenkt, dass deren verborgenste Zusammenhänge ihr die Gewissheit eingegeben hätten, ihre Idee würde Früchte tragen. Die Krise, hatte sie gesagt, stecke tatsächlich in den Kinderschuhen. Die Lage sei ausgezeichnet.

Anna hatte ich noch nie so aufgeregt, beinahe leidenschaftlich gesehen. Sie schien die Beleidigungen, die mir galten, persönlich zu nehmen. Ich meldete mich an ihrem Laptop auf meinem Profil an, sie versprach mir, die widerlichen Kommentare zu löschen und ihre Urheber zu blockieren. Sie verzog das Gesicht, deutete angewidert auf den Bildschirm und machte sich unverzüglich an die Arbeit. »Bestien«, murmelte sie, »elende Arschgesichter.«

Auf dem Weg nach unten, ich war auf der Hälfte der Treppe angelangt, hörte ich sie meinen Namen rufen. Ich drehte mich um. Anna lehnte an der gläsernen Brüstung und rief mir zu, sie habe vergessen, mir zu sagen, dass ich das letzte Schulungsvideo noch nicht angeklickt hätte.

5

In diesem Video wirkte Renata abgeschlagen, auch wenn sie sich um ein Lächeln bemühte. Clarissa wies auf den Stuhl vor dem Schreibtisch, Renata nahm Platz. Sie trug ihren grünen Jogginganzug und weiße Turnschuhe, das gelockte schwarze Haar hatte sie zu einem dicken Knäuel auf dem Kopf zusammengebunden, um den Hals hingen ihre großen gepolsterten Kopfhörer, die sie wahrscheinlich nicht einmal beim Schlafen abnahm. Sie lehnte sich zurück, überschlug die Beine und blickte Clarissa besorgt an.

»Du warst in den letzten drei Monaten *Goldene des Monats*. Das ist historisch, Renata.«

»Ich hab alles rausgeholt.«

Renata schien darauf zu warten, dass Clarissa lachte. Clarissa lachte nicht. Sie blickte sie freundlich und nachdenklich an.

»Daher haben wir dich vor allen ausgezeichnet. Du weißt, was du vorher verdient hast?«

Renata nickte.

»Und jetzt verdienst du was im Monat? Das Zehnfache?«

»Etwas mehr.«

»Und musst nichts für Essen ausgeben, nichts für Babybetreuung, nichts für Yoga oder Fitnessstudio.«

»Bis auf die Kommission.«

»Aber ohne dieses Haus und ohne diese Kommission könntest du nicht arbeiten, wie du arbeitest.«

»Das habe ich nicht gemeint, Clarissa. Ich bin dir mehr als dankbar.«

»Wenn ich sage, du verdienst das Zehnfache, dann ist das nicht ganz korrekt. Du verdientest das Zehnfache. Vergangenheitsform. Jetzt?«

Renatas Daten wurden eingeblendet, sie blickte betreten auf den Bildschirm.

»Du warst drei Monate lang die unangefochtene Nummer eins, davor im oberen Fünftel. Jetzt bist du im unteren Mittelfeld, sowohl was die Menge als auch was die Qualität betrifft, Wochentendenz abwärts. Was ist los, Renata?«

Renata schloss kurz die Augen und fuhr sich mit beiden Händen übers Gesicht.

»Der psychische Druck.«

»Welcher psychische Druck?«

»Die Anfeindungen, die Proteste.«

»Nichtsnutze, meine Liebe. Haben sich noch nie in ihrem Leben angestrengt.«

»Mich zerreißt das. Was mir zu schaffen macht, also, ich –«

Clarissa bedeutete ihr unwirsch, fortzufahren.

»Ich finde es unter den gegebenen Umständen nicht richtig, Milch an Bodybuilder und Männer zu verkaufen, bei denen man nicht wissen will, wozu sie die Milch brauchen.«

»Hast du dich an der Supermarktkasse jemals gefragt, ob du diesem Kunden jene Ware nicht geben solltest, weil er sie nicht verdient hat oder verantwortungslos damit umgehen könnte?«

»Das ist nicht dasselbe.«

»Doch, meine Liebe, das ist der freie Markt.«

»Das mit dem Muskelaufbau bei Erwachsenen ist doch Humbug. Die brauchen das nicht.«

»Das entscheiden nicht wir. Du erinnerst dich an meine Rede?«

Renata nickte.

»Menschen, die Muttermilch *brauchen*. Brauchen kann vieles bedeuten. Wir können nicht entscheiden, wer sie dringender benötigt. Wie sollen wir feststellen, ob eine Bestellung an einen Bodybuilder oder einen Perversen geht?«

»Aber die Regale mit Milchpulver sind so gut wie leer.«

»Das ist die Aufgabe des Staates, der Politik.«

»Die meisten Leute können sich unsere Milch nicht leisten.«

»Das ist eine Frage der Prioritäten. Warum, meinst du, sind die Bestellungen um sechzig Prozent gestiegen? Wir sind Frauen, wir wissen, wie viel Arbeit das bedeutet - erst recht, welche Arbeit du hier leistest: vierhundert Liter Milch pro Monat, dreimal hintereinander! Unglaublich! Wir haben ewig darum gekämpft, dass die unbezahlte, ungewürdigte, ins Haus verbannte Arbeit der Frauen, die ihre Kinder pflegen und ernähren und aufziehen - die sich vielleicht auch noch um einen Mann kümmern -, entgolten wird. Hier wird diese Arbeit *gefeiert*. Wir dürfen uns von digitalen Kommunisten kein schlechtes Gewissen einreden lassen. Wir können nichts dafür, dass sich die Regale mit dem Babymilchpulver leeren. Wir sorgen dafür, dass viele Menschen - in erster Linie die Kleinsten - hochwertige Milch bekommen. Hat das

Kind einer wohlhabenden Familie oder einer Frau, die auf anderes verzichtet, um unsere Milch zu kaufen, weniger Anrecht auf gesunde Ernährung?«

Renata schüttelte den Kopf.

»Du bist keine Arbeiterin mehr, du bist jetzt Unternehmerin. Von einer solchen erwartet man mehr. Von einer solchen solltest auch du mehr erwarten. Du bist Unternehmerin, weil du herausragst, weil du vorangehst, weil du hart arbeitest, weil du etwas willst vom Leben, weil du mutig bist. Du bist ein Vorbild für so viele Goldene, Renata, und für so viele, die eine werden wollen. Es ehrt dich, wenn du dir moralische Gedanken über die Ungerechtigkeiten dieser Welt machst. Die Regale werden bald wieder voll – und wir weiterhin der Goldstandard sein.«

Clarissa stand auf und bedeutete Renata, sitzen zu bleiben.

»Ich sage dir noch etwas über unsere Kritikerinnen. Das sind Frauen, die sagen: Jetzt hab ich mich neun Monate lang kasteit, nicht geraucht, nicht getrunken, keine Drogen zum Tanzen genommen, hab unter Schmerzen ein Kind geboren, und jetzt soll ich weiter stillen und der Mann nicht? Ich bin eine fortschrittliche Frau, warum soll ich mich quälen, wozu gibt es das Fläschchen und die Industrie? Ich will das gar nicht moralisch bewerten. Aber die wollen deine Milch zum Schleuderpreis oder am besten gratis?!«

»Hast du die letzte Drohung gesehen?«

Clarissa nickte.

»Mit solchen Leuten haben wir es zu tun. Unsere Zufahrtswege blockieren. Was heißt das?«

»Dass die Kunden nicht reinkommen und die Milch nicht rauskommt.«

»Und was heißt das?«

»Dass sie nicht bei den Empfängern ankommt.«

Clarissa blickte Renata und gleichzeitig uns alle an.

»Dass Babys, die nach Milch schreien, diese nicht bekommen. Das heißt es.«

»Und –«

»Ein paar Bodybuilder, die um ihren Placeboeffekt kommen und unleidlich für ihre Umgebung werden. Das wollen unsere Weltverbesserer. Aber dazu wird es nicht kommen. Hier« – Clarissa tippte auf ihre Schläfe, dann auf ihr Herz – »lassen wir die nicht rein. Wir helfen Menschen. Du hast bislang sehr vielen Menschen geholfen. Jetzt sind es bedeutend weniger. Lass es wieder sehr viele sein.«

Renata nickte.

»Ich geh dann mal an die Pumpe.«

»Das ist meine Renata!« Clarissa klatschte. »Übrigens habe ich dieses Gespräch zu Schulungszwecken aufgezeichnet. Und jetzt freue ich mich auf den Tag, an dem ich dich wieder als *Goldene des Monats* auszeichnen darf.«

Renata stand auf, Clarissa ging ihr entgegen und umarmte sie. Renata atmete tief ein, ehe sie den Kopf schüttelte, als wüsste sie nicht mehr, was in sie gefahren war.

Mia lag quer über unserem Sofa. Im *Haus des flüssigen Goldes* war es still. Es tat gut, Clarissa in ihrem Büro über uns zu wissen. Außer uns Dreien war niemand mehr im Haus. Vor meinem hatte die Polizei eine kleine Menschenmenge zerstreuen müssen, nachdem meine Adresse neben dem Foto mit dem ausgestreckten Mittelfinger im Netz veröffentlicht worden war. Ich versuchte, mir eine riesige Schaukel auf der Spitze eines Berges vorzustellen, auf der ich immer höher und höher schaukelte. Das, hatte mir Clarissa erklärt, beruhige.

6

Ob er mich etwas fragen dürfe, das bestimmt seltsam klinge, hatte Peter vor über einem Jahr auf einer Parkbank gefragt.

Es war ein milder Herbsttag, und ich war mir sicher, Peter werde mich auf ein Getränk einladen. Ich fragte mich, ob ich einwilligen sollte und was er sich davon erhoffte. Ich tendierte zu einem Ja, weil ich ihn interessant, aber nicht anziehend fand. Ich sah ihn beinahe jeden Vormittag in dem weitläufigen Park, in dem ich mit der vor die Brust geschnallten Mia spazierenging und in dem Peter mit seinem vor die Brust geschnallten Sohn spazierenging, wenn er ihn nicht joggend in einem teuren Kinderwagen schob.

Peter war Journalist, und wenn er nicht über die Kleinen sprach, wurde mir bewusst, wie viel ich nicht wusste und dass mich das störte. Ich hatte nicht das Gefühl, dass er mich beeindrucken wollte. Er schien vorauszusetzen, dass ich über das unterrichtet war, worüber er betont nebenbei sprach. Wenn ich Mia stillte, hielt er seinen Blick so lange auf unsere Kinder gerichtet, bis ich fertig war. Er war, das zeigte er, ein zivilisierter Mann.

Er wollte mich aber nicht auf ein Getränk einladen. Seine Frau, sagte er und blickte auf seine wippende Fußspitze, habe kaum Milch und plage sich beim Pumpen, und ich hätte doch unlängst darüber gestöhnt, viel zu viel Milch zu produzieren, und weil Muttermilch für die Kleinsten erwiesenermaßen weitaus besser als Pulver sei, würde er mich darüber nachzudenken bitten, also – ob ich ihnen nicht hin und wieder ein Fläschchen verkaufen könnte?

Er strich seinem Sohn über den Kopf und blickte mich erleichtert an. Er schien kein Mensch zu sein, der oft um etwas bitten musste. Sie hätten schon überlegt, im Netz Muttermilch zu kaufen, aber zu viele Bedenken gehabt. Ich musste lachen. Er sagte, ihm sei das Lachen mittlerweile vergangen, ich solle mal Mia und Benjamin vergleichen, Kraft, Lebendigkeit, dergleichen. Meine Entscheidung war gefallen. Dennoch bat ich um einen Tag Bedenkzeit.

So begann mein Leben als Milchverkäuferin. Tag für Tag brachte ich Peter vier Päckchen mit, er zahlte gut, ich musste noch immer Milch in die Toilette kippen, verdiente aber ein überlebenswichtiges Taschengeld. Bald würde ich mich ohnehin um eine Arbeit umsehen und eine erschwingliche Betreuung für Mia finden müssen; die Aussicht erfüllte mich nicht mit Freude. Nach wenigen Tagen begann Peter, sofort nach der Übergabe ein Päckchen Milch in ein Fläschchen zu füllen, um es Benjamin zu geben. Er blickte mich verlegen an, wenn etwas danebenging oder auf seinen Fingern landete; sofort zückte er ein Taschentuch und säuberte seine Hände. Vor allem aber sah ich, wie gierig und beglückt der Kleine trank. Eine selige Erlösung legte sich über ihn, und wenn er nicht sofort danach einschlief, krabbelte er neben Mia in der Sandkiste herum, und jedes Mal, wenn Mia endlich bereit war, Benjamin etwas zu geben, worum er zuvor vergeblich gebettelt hatte, war er längst mit etwas anderem beschäftigt. Mir war es, als wäre das ein Sinnbild des Lebens.

Ohne Peter hätte ich mich nicht weiter für den Aufruf des *Hauses des flüssigen Goldes* interessiert, ihn wahrscheinlich nicht einmal wahrgenommen. Zuerst beeindruckte mich Clarissa durch ihre Eloquenz, ihre Eleganz, ihren Tatendrang, bald aber vor allem durch ihre physische Stärke. Wir trainierten gemeinsam und lachten über die verblödeten Muskelprotze, die sich einbildeten, ihre Muskeln mit Muttermilch weiter aufpumpen zu können, wir schickten einander Videos von den beeindruckendsten Exemplaren dieser Gattung, die fachmännisch die Vorzüge einer Flüssigkeit priesen, die für das Wachstum eines Kleinkinds, aber nicht für jenes eines männlichen Bizeps bestimmt ist. Clarissa hatte starke Schultern, ihre Muskeln waren definiert, beim Trainieren hatte sie ihr Haar zu einem Pferdeschwanz zusammengebunden, zwischen die Schulterblätter war eine strahlende Sonne tätowiert, die man niemals unter ihren makellos weißen Hemden vermutet hätte. Sie kam nicht zum Plaudern; sie war konzentriert. Die Gewichte, die sie auf der Bank stemmte, hätte ich auch vor der Schwangerschaft nicht gestemmt. Clarissa hatte all meine Probleme auf einmal gelöst.

7

»Pumpen können alle.«

Damit hatte Clarissa an einem Spätnachmittag ihre Rekrutierungsrede begonnen. Sie legte eine Pause ein, alle blickten sie gespannt an.

Das sei keine Kunst, fuhr sie fort, Frauen pumpten rund um die Uhr, Tag und Nacht, mit tiefen Ringen unter den Augen, die Fläschchen in der Hand, das Sirren der Pumpen und das Schreien der Babys in den Ohren. Sich einen zweiten oder dritten Kühlschrank anschaffen könne eine auch bald – sofern sie genug Milch produziere. Diese Milch könne man schnell verkaufen; auch das sei kein Problem. Sie blickte ins Publikum: aus Sicht der Verkäuferin. Aus Sicht der Babys und Kleinkinder, aus Sicht der Kunden aber sei es sehr wohl ein Problem. Korrekte Verpackung und Transporte seien schwer, die nötigen Bedingungen für Amateure kaum zu gewährleisten. Hätte die Milch nicht die richtige Temperatur, bildeten sich unterwegs Bakterien. Mit der Qualität selbst habe das noch rein gar nichts zu tun oder mit Krankheiten, von denen ihre Erzeugerinnen wissen mochten oder nicht. Verkaufe man die Milch direkt, sei es oft eine unangenehme, beinahe schmuddelige Angelegenheit. Ein leises Raunen ging durch die Menge; Clarissa hob die Brauen. Ein Treffen auf einem Parkplatz, an einer Raststätte, wobei man nie wissen könne, wem man die Ware übergebe; und dann nehme man zur

Sicherheit doch jemanden mit, und meistens sei dieser Jemand dann doch: ein Mann. Einige der Frauen nickten wie bei einer Predigt. Und all das zu Marktpreisen, die sich im Netz gebildet hätten.

»Dumpingpreise!«, rief Clarissa. »Wir überzeugen durch Qualität, wir sind konkurrenzlos, eine Liga für uns!«

Wer billige Milch von ausgebeuteten und sich selbst ausbeutenden Frauen wolle, solle sich im Netz umsehen. Zwölf Prozent aller Mütter gäben laut einer Umfrage ihre Milch informell weiter. Wir alle wüssten, was *informell* bedeute. Wer Billigware kaufe, müsse sich auch der Risiken bewusst sein. Hier werde in Hinkunft flüssiges Gold feilgeboten. Diverses, flüssiges Gold, so divers wie die Frauen, aus denen es komme, damit die Kunden das kaufen könnten, was für ihre Kleinen am geeignetsten sei. Die beste Qualität, kontrollierte Produktion, vor Ort verkauft oder zertifiziert verschickt, zu einem hohen, nein, einem angemessenen Preis.

Clarissa sprach mitreißend. Sie stellte die magische Dimension der Muttermilch heraus, die man mit Stärke und Gesundheit, mit Wachstum und Intelligenz, mit der Grundformation eines menschlichen Wesens verquicke, das sich einmal in dieser rauen Welt werde behaupten müssen. Sie verwies auf Studien, denen zufolge Muttermilch die Gefahr von Adipositas verringere und den Intelligenzquotienten steigere. Sie führte die Annehmlichkeiten ihres Hauses gegenüber der Einsamkeit der Billigpumperinnen in den eigenen vier Wänden ins Treffen, um gleich darauf klarzustellen, dass in dieses Haus nur die Crème de la crème einziehen werde. Sie bot Frauen die einmalige Gelegenheit, dem Elend des Diskonterdaseins zu entkommen.

Am Ende ihrer Rede bat Clarissa alle, die bereit für diese neue Aufgabe wären, zur Untersuchung. Dann erklärte sie mit ausgestreckten Armen den Grundstein für das *Haus des flüssigen Goldes* für gelegt. Und weil ihr die Reaktionen auf diesen einschneidenden Moment offenbar zu verhalten erschienen, fügte sie nach einer kurzen Pause lächelnd hinzu, auf die Flasche Champagner zu verzichten, die sie jetzt liebend gern köpfen würde – aus Solidarität mit den Anwesenden. Befreites Lachen, minutenlanger Applaus. Auch ich lachte, stand auf und klatschte.

Nach Hause war ich als Goldene gefahren.

8

Am nächsten Tag brodelte es draußen. Das war ganz nach Peters Geschmack. Fünfzig Menschen, vielleicht sechzig, protestierten mit geballten Fäusten vor dem *Haus des flüssigen Goldes*, skandierten »Haus der Gier«, schrien von der Schande, die es auf sich lade, weil da drinnen Humanmilch zu horrenden Preisen verkauft werde, während ringsum Kinder hungerten.

Ein Baby wurde in die Luft gehalten, verzweifelte Eltern brüllten ihre Wut über den Irrsinn dieser Tage in die Welt, Aktivisten wollten Kunden davon überzeugen, nicht ins Haus zu gehen und keine Milch zu kaufen, sondern die Seiten zu wechseln und sich dem Protest gegen sein infames Geschäftsmodell und gegen Menschen wie mich anzuschließen, die hungrigen Kindern den Mittelfinger zeigten. Ein Mann hielt eine kleine Brandrede, in der er erzählte, wie er tagelang durch die Gegend gefahren sei, von einem Supermarkt zur nächsten Drogerie, aber nirgendwo Milchpulver, überall leergefegte Regale, bis er hierhergekommen sei, bloß um feststellen zu müssen, dass er sich diese Milch für seine Tochter nicht leisten könne. Clarissa war anderer Meinung. Für ein paar Tage verzichtete man eben auf anderes, um seine Kinder durchzubringen.

Manche Kunden schlichen ins Haus hinein, als schämten sie sich dafür, andere lieferten sich mit den Gegnern hitzige Wortgefechte. Peter ließ sich ein Flugblatt in die Hand drücken, in dem gefordert wurde, unsere Milch bis zum Ende der Milchpulverkrise um mindestens zwei Drittel günstiger abzugeben – oder, um wieder in die menschliche Familie einzutreten, kostenlos an Bedürftige. Er ließ sich auch andere Flugblätter in die Hand drücken, um nichts zu übersehen und nichts zu überhören, er sammelte Material für einen kleinen Bericht über die Proteste vor jenem Haus, über das er schon einmal berichtet hatte.

Man könnte, wollte man despektierlich sein, von einem hochindustrialisierten Kuhstall sprechen.

Ich war fassungslos, wenn ich an diesen Satz aus Peters Reportage über Clarissa und das *Haus des flüssigen Goldes* dachte, regelrecht wütend. Ich hatte niemandem gegenüber ein Wort über diese Geschichte verloren, die in einem angesehenen Magazin für großen Wirbel gesorgt hatte. Keine Geschichte von ihm, sollte mir Peter ein paar Tage später erzählen – so wie er mir überhaupt vieles erst später erzählte –, hatte jemals auch nur annähernd so hohe Wellen geschlagen. Aber was für ein böswilliger Humbug! Ich wusste von keiner Kuh, die freiwillig in einen Stall gegangen wäre, auch von keiner, die dafür viel Geld bekommen hätte und deren Kälber gehegt und gepflegt worden wären. Abgesehen von der Frage, wen dieser Vergleich am meisten beleidigte. Er war despektierlich.

Clarissa sollte auf keinen Fall wissen, dass ich den Verfasser einer Geschichte gut kannte, in der ihr *herablassendes* Grinsen und ihre *verächtliche* Handbewegung in jenem Moment beschrieben worden waren, in dem Clarissa gesagt haben soll, sie bezweifle, dass es schwarze oder weiße oder lesbische oder christliche oder überhaupt *identitäre* Milch gäbe, aber in ihrem Haus werde selbstverständlich für jeden Geschmack etwas abgepumpt. Ich bezweifelte nicht, dass Clarissa das gesagt hatte. Allerdings hatte sie es bestimmt viel ironischer gemeint, als Peter es dargestellt hatte, der sie insgesamt als abgebrühte, gewissenlose Geschäftsfrau gezeichnet hatte. Clarissa war aufgefordert worden, sich für diese Entgleisung zu entschuldigen. Sollte ihr jemand das Gegenteil beweisen können, hatte sie entgegnet, stünde sie nicht an, einen Fehler einzugestehen.

Nun stand Peter als verdeckter Reporter unter den Aufgeregten und wollte sich alles merken.

Es war eine schreckliche Situation. Und wer, wenn nicht er, wusste, dass Arme und Nichtweiße davon besonders stark betroffen waren, dass es in den Regalen kaum Babymilchpulver gab und dass ländliche Regionen stärker darunter litten. Er wusste von den Einkaufsgemeinschaften, von Menschen, die sich zusammenschlossen, um Drogerien und Supermärkte in der Hoffnung auf Milchpulver abzuklappern, auch wenn man dafür noch so weit fahren oder noch so lange wach bleiben musste. Er wusste von den Menschen, die Bots programmierten, die im Netz Lagerstände durchforsteten, um sofort bestellen oder jemanden hinschicken zu können, sobald es wieder ein paar Packungen in einem Regal gab. Er wusste auch von den Unmenschen, die Milchpulver aufkauften, um es sündteuer weiterzuverkaufen, was man Clarissa nicht vorwerfen konnte: Unser Haus hatte seine

Preise nicht geändert. Es funktionierte nach wie vor wie ein Art Luxusgutbörse.

Aber wann die Regale in den Supermärkten wieder gefüllt wären, konnte selbst Peter nicht sagen. Bestimmt nicht morgen, wahrscheinlich auch nicht in einer Woche. Der größte nationale Hersteller, der gleichsam ein Monopol auf dem Babymilchpulvermarkt hatte, hatte seine Produkte zurückrufen müssen, weil eine Fabrik durch Bakterien kontaminiert war; drei Kinder waren gestorben, ein Kausalzusammenhang möglich, aber nicht bewiesen, und aus lachhaften Gründen durfte Milchpulver nicht importiert werden – voilà, das war der Salat. Und das war es, was Peter der kahlgeschorenen Aktivistin mit dem Ring in der Nasenscheidewand erklären wollte, die ihm den Flugzettel in die Hand gedrückt hatte.

Schuld seien doch nicht die, sagte er und deutete auf unser Haus, sondern die Marktkonzentration beim Milchpulver für Kinder.

»Und weiter?«

Sie blickte ihn herausfordernd an. Ihr Hals war bis über den Kehlkopf bunt tätowiert.

Das, meinte er, könnte man in die Rechnung aufnehmen. Die, sagte sie, sei ganz einfach: In den Geschäften gebe es keine Milch, hier schon. Das, erwiderte er, sei aber nicht dasselbe Produkt. Sie fragte ihn, ob er der PR-Heini von denen sei oder was. Warum er so bescheuert grinse.

Das hätte Peter ihr sagen können, es wäre aber erstens zu ausführlich gewesen und hätte zweitens seine Tarnkappe gelüpft. Sie sollte ihn nicht für einen Journalisten, sondern für einen Kunden halten. Bis hierher hatte er ein Gespräch geführt, das er noch als relativ zivilisiert in einem kleinen Bericht verwursten konnte. Ein etwa vierzigjähriger Familienvater trifft auf eine Aktivistin Anfang zwanzig, Pragmatismus gegen Idealismus.

»Dass es ein Produkt ist, ist das Problem. Eine Ware! Das ist Irrsinn!«

Peter fragte, ob es auch beim Pulver oder nur bei Muttermilch ein Irrsinn sei.

»Hier und jetzt, wenn es kein Pulver gibt.«

Und wer sollte die restlichen zwei Drittel des Preises bezahlen?

»Ist doch mir egal.«

Darüber würde er vielleicht noch einmal nachdenken.

»Die müssen nachdenken«, sagte sie und blickte auf ihre Uhr. »Wenn sie uns bis siebzehn Uhr nicht entgegengekommen sind, blockieren wir das Haus.«

Dann müsse er sich beeilen, sagte Peter und steckte den Flugzettel ein. Den werde er später in Ruhe studieren.

Sie rief ihm »asoziales Arschloch« hinterher. Es wurde getrommelt und gepfiffen, der Lärm schwoll an, Peter hörte entsetzte Schreie. Kurz vor dem Eingang drehte er sich um. Ein kräftiger Kunde hatte anscheinend einen Aktivisten attackiert, musste sich aber zurückziehen, weil sich eine Wand Schwarzgekleideter vor den Angegriffenen geschoben hatte. Der Zurückgedrängte brüllte »asoziales Pack«.

9

Als Peter mit vier Päckchen meiner Milch im Rucksack das Haus verließ, wurde er von einem Pfeifkonzert und geballten Fäusten empfangen. Auf dem Weg zum Auto stieg er über ein Flugblatt, auf dem ich zu sehen war, strahlend und mit ausgestrecktem Mittelfinger, *VERHUNGERT, IHR VERLIERER!* stand darauf. Er hob es auf – für seine kleine Reportage von der Front, für die er sich Clarissas Wort von den *emotionalen Taliban* für die Aufgeregten gemerkt hatte; eine der beiden Verkäuferinnen hatte es zitiert, als er sie gefragt hatte, was ihre Chefin zu der Meute da draußen sage.

Wenige Meter vor seinem Auto hörte Peter eine Stimme hinter sich. Er kannte sie.

»So, jetzt schenkt der reiche Besserwisser den armen Kindern seine Milch.«

Er drehte sich um, die junge Aktivistin mit dem kahlgeschorenen Kopf grinste ihn hämisch an. Neben ihr standen drei Schwarzgekleidete, Halstücher über Mund und Nase gezogen. Zwei Männer, eine Frau.

»Ich bin leider kein reicher Mann.«

Sie trat einen Schritt auf ihn zu, die drei anderen zogen mit. Sie waren etwas mehr als eine Armlänge von ihm entfernt.

»Dann bitten wir dich höflichst, freiwillig an der Umverteilung mitzuarbeiten. Eine Milchspende für die Hungrigen.«

»Mein Sohn ist auch hungrig«, sagte Peter, hielt den Autoschlüssel hoch und drückte auf den Knopf, um die Türen aufzusperren.

»Gib die Milch her«, zischte Kara.

Er wollte sich umdrehen, gemessenen Schrittes zum Auto gehen und langsam losfahren.

»Schieb den Rucksack rüber. Wir wollen nur die Milch.«

»Ihr wisst gar nicht, was ich alles will«, sagte Peter, nickte kurz, drehte sich um und ging los.

Er hörte Schritte in seinem Rücken; sie waren schneller als seine. Er drehte sich um, einer der Männer stand vor ihm, Peter packte ihn an der Gurgel, drückte ihm den Kopf nach oben und ballte die freie Faust. Er drückte fester zu, blickte dem Gegner entschlossen in die Augen und wollte ihn schon wegstoßen, als ein anderer auf ihn zuschnellte, ihn nach hinten stieß, jemand stellte ihm ein Bein, Peter fiel zu Boden, er spürte einen, dann noch einen Tritt in die Rippen, der Typ, den er am Hals gepackt hatte, drehte ihn auf den Rücken, kniete sich über ihn, Peter wollte etwas sagen, er bekam kaum Luft, er hob eine Hand, um sich zu ergeben, aber da schlug ihn der andere schon mit der flachen Hand ins Gesicht. Einmal, sehr fest. Dann spuckte er Peter ins Gesicht. Peter schloss die Augen, rollte sich vorsichtig zur Seite, zog die Beine an und verbarg seinen Kopf zwischen den Armen.

10

Um siebzehn Uhr wurde es laut wie nie zuvor. Ich spielte mit Mia in meinem Zimmer, während ich auf meinem Mobiltelefon sah, wie eine Kahlgeschorene draußen in ein Megafon sprach. Die Meute johlte und pfiff und schrie, es wurde getrommelt, dumpf und laut; Mia war unbeeindruckt. Menschen ballten die Fäuste, die Menge war unüberschaubar geworden, eine Stunde später sollte Clarissa von etwa zweihundert Chaoten sprechen.

Mit einem Mal wurde es ruhiger; Mia blickte mich enttäuscht an. Die Kahlgeschorene stand auf übereinandergestapelten Kisten und hielt ihr Mobiltelefon in die Höhe. Mit der anderen Hand hielt sie das Megafon davor. Es tutete.

»*Haus des flüssigen Goldes*, Clarissa.«

Mia strahlte; sie hatte Clarissas Stimme erkannt.

»Hier ist Kara, die Sprecherin des Komitees.«

»Soll ich Ihnen hundert Pizzas kommen lassen? Fünfzig Margheritas und fünfzig Marinaras, damit auch die Veganer satt werden?«

Wut brandete auf, Schreie, Pfiffe, Trommeln. Mia klatschte; Clarissa hatte *Pizza* gesagt.

»Senken Sie die Preise bis zum Ende dieser Krise«, sagte Kara, »dann ziehen wir ab.«

»Einen Teufel werde ich tun«, sagte Clarissa, »Pizza gibt's auch keine.«

Es tutete. Clarissa hatte aufgelegt.

Die Meute heulte auf, als zöge sie in den Krieg.

Mia brach in Tränen aus. Ich eilte mit ihr in den Verkaufsraum, Eier und Tomaten klatschten an die Fensterfront, die Kunden blickten sich hilfesuchend um, das Getrommel wurde rhythmischer, Trillerpfeifen gellten zwischen den Trommelschlägen, das Stimmengewirr wurde zu einer einzigen Stimme, die skandierte: »Niemand kommt rein, nichts kommt raus, wir schließen dieses Haus!« Transparente und Fahnen wehten in der Luft, rote Fahnen, schwarze Fahnen, Regenbogenfahnen.

Unsere Sicherheitsmänner standen vor dem Eingang und blickten auf drei Menschenketten, eine vor der anderen, die Aufgeregten Hand in Hand, dicht nebeneinander. Wir eilten zur Warenauslieferung, aus der üblicherweise elektrische Fahrzeuge mit unserer Milch fuhren; daneben war die kleine Hintertür, die ich gestern, entgegen Clarissas Anweisung, nicht genommen hatte. Drei Menschenketten blockierten die Ausfahrt, an die fünfzig Aktivisten steckten in orangen Schutzanzügen, mit orangen Kapuzen über den Köpfen, wie Spezialisten nach einem Reaktorunfall, Einsatzkräfte in kontaminiertem Gebiet. Sie ballten die Fäuste und brüllten. Sie filmten und wurden gefilmt. Unser Haus war umzingelt.

Clarissa habe sich ein lustiges Spiel ausgedacht, erklärte ich Mia, wir müssten uns jetzt alle Stationen dieses Spiels ganz genau ansehen. Sie klatschte in die Hände. Im Kindergarten waren Kinderlieder sehr laut aufgedreht, die Kleinen hüpften und tanzten ausgelassen, eine Betreuerin saß mit den Kleinsten in einer Ecke und las ihnen ein Buch vor, jeden Arm um zwei Kinder gelegt, das offene Buch auf ihrem Schoß. Mariella war allein im Fitnessstudio, sie saß auf dem Fahrrad und telefonierte, in der Cafeteria wurde leidenschaftlich diskutiert, die meisten Goldenen aber hatten sich in ihren Zimmern versteckt, um auf dem Livestream der Aktivisten zu verfolgen, was draußen geschah.

Außer den beiden Verkäuferinnen und den Sicherheitsmännern, die nach drinnen gegangen waren, zählte ich bei unserer Rückkehr in den Verkaufsraum sechs Menschen, vier Frauen und zwei Männer. Insgesamt war ein Großteil der Kunden, die in unser Haus kamen, männlich; wahrscheinlich, weil die Frauen müde und geschwächt zu Hause saßen, vielleicht auch, weil manche es als erniedrigend oder verstörend empfunden hätten, hier das zu kaufen, was sie selbst nicht oder nicht zur Genüge produzierten. Alle sechs wirkten äußerst verunsichert. Verzagt hielten sie ihre Tragetaschen fest, eine trank Kaffee, einer stand ratlos vor einem der Terminals, auf denen Angaben zu unseren Personen und unserer Milch zu finden waren, die anderen blickten stumm zur Glasfront hinaus, um einander nicht ansehen zu müssen. Draußen hüpften Menschen Arm in Arm zur Musik, in der ersten Reihe der Sperrkette kam es zu hitzigen Auseinandersetzungen mit Kunden, die nicht ins Haus konnten. Hätten sie kein Geld oder ein Herz, war auf einem der Transparente zu lesen, stünden sie in der Absperrkette. Da klatschte Clarissa in die Hände. Mia strahlte; sie hatte sie vor mir kommen sehen.

»Sehr geehrte Damen und Herren«, sagte Clarissa und blieb neben dem Kassentisch stehen, »ich bin Clarissa, die Gründerin dieses Hauses. Gern würde ich Ihnen jetzt sagen: Ich entschuldige mich für die Unannehmlichkeiten.« Sie blickte von einer zum anderen. »Kann ich aber nicht. Daran sind einzig und allein die Psychoterroristen da draußen schuld, die nicht die geringste Ahnung davon haben, warum Sie in dieses Haus kommen. Wir lassen uns von denen aber weder einschüchtern, noch schenken wir ihnen die Genugtuung, als arme Opfer von der Polizei abtransportiert zu werden. Ich begleite Sie jetzt mit meinem Sicherheitspersonal persönlich zu Ihren Fahrzeugen.«

»Wenn sie uns gehen lassen«, sagte eine Frau und blickte Clarissa flehentlich an, »wenn.«

»Lassen Sie das meine Sorge sein.«

Clarissa wies zwei der Sicherheitsmänner an, mit ihr zu kommen, die anderen, hinter der Tür zu warten.

Als die Schiebetür geräuschlos aufging, machte Clarissa drei Schritte ins Freie, steckte Daumen und Zeigefinger in den Mund und pfiff. Die Menge stand mit dem Rücken zu ihr. Eine Schwarzgekleidete drehte sich zu Clarissa um und raunte den Menschen in ihrer Umgebung etwas zu. Eine nach dem anderen drehte sich um, auch hier steckten einige in orangen Schutzanzügen, sie ballten die Fäuste, beflegelten Clarissa, zeigten ihr den Mittelfinger und brüllten übelste Verwünschungen. Clarissa schien das alles nicht anzufechten. Sie schien es zu genießen. Die Musik wurde leiser, Pfiffe erschallten.

»Verbrecherin!«

Zwei Eier flogen über sie hinweg und zerplatzten auf dem Boden des Verkaufsraums, wenige Schritte vor uns.

»Lustiges Spiel«, sagte ich zu Mia. Sie patschte in die Hände.

Clarissa drehte sich um und nickte ihren Schützlingen zu. Die Tür schob sich zu. Etwa fünf Meter vor Clarissa stand die erste Menschenkette, Clarissa ging langsam und bestimmt auf zwei junge Frauen zu, die mit eingehängten Armen an der Stelle standen, an der sie offensichtlich durchwollte. »Niemand kommt rein«, brüllte jemand, »nichts kommt raus«, brüllte eine andere, und der Chor stimmte ein: »Wir schließen dieses Haus.« Eine Armlänge von den beiden Frauen entfernt blieb Clarissa stehen. Sie zückte ihr Telefon und fotografierte die Menschen vor sich. Kurz darauf vibrierte mein Telefon. *Lasst unsere Kunden nach Hause* stand unter dem Foto, das Clarissa auf unserem Kanal hochgeladen hatte. Bislang hatte sie die Geschehnisse unkommentiert gelassen. Jetzt stieg sie in den Ring.

Kurz darauf schien eine Anweisung durch die Kette zu gehen. Die beiden jungen Frauen, die Clarissa angestarrt hatte, traten zögerlich auseinander. Die zweite Reihe folgte, dann die dritte, bis eine kleine Schneise frei war. Clarissa drehte sich um und schüttelte ihren Kunden die Hand. Die Frau, die bezweifelt hatte, hier jemals wieder rauszukommen, fiel ihr um den Hals.

Die Sicherheitsmänner begleiteten die Kunden unter ohrenbetäubendem Lärm bis zur Schneise. Eine nach dem anderen gingen sie los, ihre Tragetaschen mit dem Prägedruck des *Hauses des flüssigen Goldes* fest an sich gedrückt. Sie wurden beschimpft und bedroht, mit Bier und Wasser begossen. Der erste rannte los, die anderen folgten ihm geduckt, der Frau, die nicht daran geglaubt hatte, aus dem Haus zu kommen, wurde ihre Tragetasche entrissen, sie blieb kurz stehen, brüllte verzweifelt, dann lief sie schreiend weiter. Als die letzte Kundin hinter der Kette war, schloss sie sich wieder.

Clarissa drehte sich um und ging auf das Haus zu. Kurz vor der Tür wollte sie sich umdrehen. Da drückte ihr eine Schwarzgekleidete mit Sturmhaube von hinten etwas ins Gesicht und rannte davon. Auf dem Boden lag der Rest der Torte, die Clarissa im Gesicht hatte.

Mia lachte, als Clarissa in den Verkaufsraum kam und sich die klebrige Masse aus dem Gesicht wischte.

»Dabei mag ich gar keine Torte«, sagte sie und zwinkerte Mia zu.

11

Ich hatte es versucht. Mit Atmen, mit Zählen, mit Meditationsmusik, *Tiefe Heilung*. Es war vier Uhr morgens; ich konnte nicht schlafen.

Ich lag mit meinem Telefon auf einer aufblasbaren Matratze, Mia schlief neben mir auf dem Rücken, die Arme angewinkelt, die Hände neben dem Kopf. Ihr Gesicht war entspannt, bisweilen stöhnte sie kurz und schlief ruhig weiter. Sie lag auf meinem ausgezogenen Sofa. Es war unsere zweite Nacht im *Haus des flüssigen Goldes*.

Ich hörte Kinder schreien und weinen, Schritte auf den Gängen, Beruhigungsversuche; nicht alle nahmen die veränderte Situation wie Mia. Die meisten Frauen waren im Haus geblieben, aus Solidarität, aus Angst vor den Menschen da draußen, die selbst in der Nacht ausharrten. Clarissa hatte am frühen Abend eine kämpferische Rede gehalten, uns auf Zusammenhalt und Unnachgiebigkeit eingeschworen und darauf, dass morgen alles anders werde. Genauer gesagt: Punkt zehn Uhr vormittags.

Viel mehr als diese Spinner, die in ein paar Jahren brave und angepasste Bürger wären, vielleicht sogar Kunden unseres Hauses, sollte uns ein Bericht aus den Medien beschäftigen. Zwei von mehreren Unternehmen, die menschliche Milch im Labor erzeugen wollten, seien kurz vor dem Durchbruch, und Durchbruch bedeute: kurz vor Markteintritt.

Diese Milch würde wie Muttermilch sein, von den Kunden also als besser als Milchpulver eingestuft werden; vor allem würde sie günstiger als unsere Milch sein. Clarissa erzählte von den Zentrifugen, die Getreidehebern glichen und die sie in den Berichten gesehen hatte, von weißen Kitteln und Schutzbrillen, von Frauen und Männern mit Tabellen und Kalkulationen, von Pipetten und Reagenzgläsern. Aber sie könnten ihre Milch mit so vielen Enzymen und Zusatzstoffen anreichern, wie sie wollten – die Milch aus dem Labor besitze eines nicht, was Muttermilch auszeichne: die Antikörper aus dem Immunsystem einer Milch produzierenden Frau. Die würden uns immer von der Konkurrenz abheben, immer unseren Preis rechtfertigen.

Dann waren wir alle gemeinsam ins Fitnessstudio gegangen und hatten uns vor der Sprossenwand versammelt. Clarissa war hinaufgeklettert, mit dem Gesicht zur Wand. Wir hatten überlegen müssen, wie wir sie auffangen könnten. Als wir bereit gewesen waren, hatte sich Clarissa mit vor der Brust verschränkten Armen nach hinten fallen lassen. Wir hatten sie gemeinsam aufgefangen. Nun hatte eine nach der anderen die Sprossen hinaufklettern und es ihr nachmachen sollen. Ich war als Erste hinaufgeklettert. Ich hatte das Gefühl gehabt, es den anderen schuldig zu sein. Ich hatte ein wenig Angst gehabt, mich dann aber vertrauensvoll fallen lassen. Und darum, hatte Clarissa gesagt, gehe es in diesem Haus.

Und jetzt schaute ich ein Video nach dem anderen an, in dem verzweifelte Eltern von der verzweifelten Suche nach Milchpulver sprachen, vom Hunger ihrer Kinder, von Ratlosigkeit und Selbstanklage, von leeren Regalen und Hunderten unnütz gefahrener Kilometer, von niederschmetternder Ohnmacht. Sie weinten, sie waren wütend, sie teilten alte Rezepte und Mischungen, die man Babys und Kindern anstelle von Milchpulver füttern könne, während in den Medien Experten nachdrücklich vor diesen jahrzehntealten Formeln warnten, die mehr schadeten als nützten. Die größte Suchmaschine der Welt hatte für diesbezügliche Nachfragen einen Anstieg von 2400 Prozent gemeldet, ein Notgesetz für Kriegszeiten war angewendet worden, um die für die Milchpulverproduktion benötigten Inhaltsstoffe zuerst den Milchpulverproduzenten zukommen zu lassen. Aber niemand wusste, wann die nötigen Mengen wieder geliefert werden könnten.

Es war meine Schuld. Nicht die Krise, aber dass im *Haus des flüssigen Goldes* Babys und Kleinkinder schrien, weil sie nicht zu Hause in ihren Betten lagen, weil sie spürten, dass ihre Mütter verängstigt und besorgt waren, weil ihre Routinen durcheinandergewirbelt wurden – das war meine Schuld. Mein Mittelfinger. Mein Sturkopf, lächelnd und erhobenen Hauptes zum Eingang zu stolzieren, anstatt die Hintertür zu nehmen, wie Clarissa es gefordert hatte. Ich hatte provoziert, weil ich provoziert worden war. Der Handvoll Aktivisten wäre es bald zu blöd geworden; erst durch meine Aktion und ihren Widerhall hatten sie diesen ungeheuren Zulauf bekommen.

Jedes Kinderheulen traf mich. Und die überarbeiteten Mütter, die für ihre Arbeit beschimpft und angefeindet wurden, wussten, dass hier, in diesem

Zimmer, die Schuldige an ihrer Misere schlief. Auch wenn sie nicht schlief. Natürlich wären die meisten gern nach Hause gefahren und am Morgen nicht mehr ins belagerte Haus gekommen. Die nach Hause gefahren waren, hatten natürlich gehört, was Clarissa gesagt hatte, dass jede zu Hause pumpen könne und die Milch einmal am Tag abgeholt werde, solange das hier dauere, aber nur die wenigsten hatten das Angebot angenommen, weil sie keine Furcht, keine Schwäche zeigen wollten – vor den anderen, aber vor allem vor Clarissa.

Ich musste auf die Toilette. Seit längerem schon. Aber ich wollte keiner von denen begegnen, der ich hier und jetzt nicht begegnet wäre, wenn ich die Hintertür genommen hätte. Ich wollte nicht in ein Milchfläschchen urinieren; abgesehen davon, dass ich mehrere benötigt hätte. Ich vertraute Clarissa. Wenn Clarissa sagte, morgen um zehn Uhr werde alles anders sein, dann würde morgen um zehn Uhr alles anders sein. Clarissa glaubte an mich. Von wem, außer von Mia, konnte ich das behaupten? Clarissa sah offensichtlich etwas in mir, das ich endlich auch wieder in mir selbst sah. Nicht weil ich die beste Milch hatte, nicht weil ich viel verdiente – weil ich wieder Vertrauen in mich hatte. Weil sie mich nicht ablehnte. Ich schwor mir, Clarissa nie wieder zu enttäuschen. Ich würde meinen Fehler gutmachen. Man konnte sich fallen lassen. Man wurde von allen gemeinsam aufgefangen.

Als es draußen ruhiger wurde, schlich ich aus dem Zimmer. An kleinen flackernden Lichtern erkannte ich Frauen, die auf Matratzen lagen und ihre Schlaflosigkeit mit ihren Mobiltelefonen bekämpfen wollten. Vielleicht löschten sie die Hasskommentare auf ihren Profilen. Vielleicht versuchten sie es auch mit Meditationsmusik. Wahrscheinlich klickten sie sich durch Fotos, auf denen ich den Aufgebrachten den Mittelfinger zeigte, der zu einem Winken geworden war: *Kommt hierher, wenn ihr wütend und hilflos seid. Hier gibt es das, was ihr braucht, euch aber nicht leisten könnt.*

Im Badezimmer stand Mariella und putzte sich die Zähne. Ich fragte sie, ob sie auch nicht schlafen könne. Doch, sagte sie, sie habe nur das Zähneputzen vergessen. Sie drehte sich um und lächelte mich an.

»Das war richtig gut von dir gestern, Maya. Ich hätte nicht so ruhig bleiben können.«

»Wenn ich die Hintertür benutzt hätte, wäre das nicht geschehen.«

Ich zeigte auf sie, auf mich, auf das Haus.

»Blödsinn. Die hätten schon einen Grund gefunden. Ich bewundere dich.«

Ich blickte Mariella fragend an.

»Ich bin die billigste, du wirst *Goldene des Monats*.«

Das sei relativ, sagte ich. Jede Frau, die ihre Milch im Netz verkaufe, wäre heilfroh, auch nur einen Bruchteil von ihr zu verdienen. Die Kleine, fragte Mariella, die noch vor kurzem so lustig gekrabbelt sei, ein Bein angewinkelt, auf beiden Händen und einem Knie, sei doch meine. Ja, sagte ich, sie heiße Mia, ihretwegen machte ich das ja alles.

»Vielleicht liegt es daran«, sagte sie.

»Woran?«

»Dass ich kein Kind habe.«

Ich war zu müde, um mir eine Tragödie anzuhören. Aber ich konnte nicht einfach weggehen. Ehe ich etwas sagen konnte, erzählte mir Mariella, dass sie Leihmutter sei. Sie habe den Eltern des Kleinen noch sechs Monate lang ihre Milch verkauft, dann seien sie weggezogen. Zum Glück sei das Haus gekommen. Milch habe sie ja – und nicht wie früher Scheißgeld in einem Scheißjob verdienen wollen.

Ich fragte, ob der Kleine Milch zu trinken habe. Sie sah mich an, als hätte ich sie gefragt, ob Schnee weiß sei. Keine Ahnung, sagte sie und schüttelte befremdet den Kopf, sie denke nicht wie Renata, sie könnte diese Arschlöcher da draußen erschießen. Wüssten nichts von ihrem Leben und glaubten, sie verurteilen zu können. Sie hätte ihnen nicht den Finger gezeigt, sie hätte den Erstbesten geschlagen.

Ich sagte, ich müsse jetzt wirklich mal.

»Los«, sagte Mariella, »geh schon. Und schlaf gut. Du hast alles richtig gemacht.«

12

Einmal habe ich alles richtig gemacht. Es war an dem Morgen, an dem sich mein Leben für immer änderte.

Ich liebe ihn, auch wenn er oft schwierig ist; das bin ich selbst auch oft. Meine Periode ist nicht gekommen, und das ist merkwürdig, meine Periode ist ansonsten wie ein verlässliches Uhrwerk. Ich warte zwei Tage, ich warte drei, ich kaufe einen Schnelltest, auf einmal sitze ich auf der Klobrille, der kleine Streifen unter dem Sichtfenster des Plastikstäbchens verfärbt sich sofort. Der Mann, den ich liebe, schläft noch, er war lange auf, ich bleibe sitzen, ich habe Tränen in den Augen, das war so nicht geplant, ich fühle mich glücklich, nichts als glücklich, ich hatte nicht oft Glück im Leben, also warte ich ein wenig, ehe ich den zweiten Schnelltest auspacke. Der Streifen verfärbt sich sofort wieder. Ich springe auf, das Plastikstäbchen in der Hand, ich laufe ins Schlafzimmer, rufe seinen Namen, »Weißt du, was das ist?«, rufe ich, »weißt du, was das heißt?«

Der Mann, den ich liebe, der mir sagt, dass er mich liebt, mit dem ich seit drei Jahren zusammen bin, blickt mich verstört an. Er ist noch verschlafen, er braucht noch Zeit, es ist noch nicht angekommen bei ihm. Da setzt er sich endlich auf, ich schwenke das Plastikding, ich hüpfe ein wenig, ich kann nicht anders, ich hüpfe vor Freude, ich weiß, dass sich alles ändern wird, in mir wächst ein Leben, er atmet tief durch, er fährt sich durchs Haar, jetzt ist er wach.

»Ich bin schwanger«, rufe ich und lache und weine und hüpfe und blicke den Vater meines Kindes an und weiß, ich werde ein Kind haben, ich spüre es, ich hatte bis heute nicht ernsthaft darüber nachgedacht, aber jetzt ist alles klar, und ich bin glücklich darüber, dass er der Vater ist, dass wir ein Kind bekommen.

Er schaut, er sagt nichts, auf einmal hüpfe ich nicht mehr, ich stehe da, vor dem Bett, mit dem Plastikding in der Hand und dem blauen Strich unter dem Sichtfenster und weiß, dass ich dieses Kind immer haben werde, dass ein ganz neues Leben beginnt, ich weine, ich schließe die Augen, ich habe Angst, keine Ahnung, was auf mich zukommt.

»Ich bin schwanger«, sage ich leise.

»Du musst es nicht bekommen«, sagt er.

»Ich muss es nicht bekommen?«, sage ich, meine Hände, die das Plastikding halten, zittern.

»Natürlich nicht«, sagt er.

»Wir sind noch nicht bereit«, sagt er.

»Wir können kaum auf unseren eigenen Beinen stehen«, sagt er.

»Wir haben noch so viel Zeit«, sagt er.

Ich blicke ihn an. Er breitet die Arme aus. Ich soll zu ihm kommen. Er lächelt. Er lächelt *erleichtert*. Noch nie habe ich einen solchen Hass verspürt. Ich muss *es* nicht bekommen, nein, aber *es* ist da, *es* beginnt, und *ich* will *es* und werde *es* haben, und *er* hat noch Zeit, ein paar Sekunden, um *mir* zu sagen, dass es ein blöder, ein sehr blöder, der blödeste Scherz seines Lebens war, weil er sich so freut, dass er nicht weiß, wie umgehen damit, dass er nichts mehr will als *dieses* Kind, mit *mir*, und dass *wir* alles schaffen, gemeinsam, und *er* jetzt auch *hüpfen* muss.

»Es ist nicht der richtige Zeitpunkt«, sagt er.

Ich will ihn nie wieder sehen.

13

Am Morgen schien die Sonne. Ich hatte kaum geschlafen, Mia war früher als gewöhnlich aufgewacht. Der Himmel war blau und wolkenlos, ich hatte einige Fläschchen in meinen Kühlschrank gestellt und mir während des Pumpens den Kopf darüber zermartert, wie Clarissa all die Milch, die versandbereit in der Warenauslieferung wartete, aus dem Haus bekommen wollte.

Ins Haus kam niemand mehr, die Ketten standen fest geschlossen vor allen Ein- und Ausgängen. Die Zahl der Aufgeregten schien sich von jener des Vortags nicht beträchtlich zu unterscheiden. Der Unterschied bestand in einer neuen Selbstsicherheit, ja Siegessicherheit der Menge. Die Bilder von der *Absperrung des Hauses* hatten sich schnell verbreitet, sie waren mit großer Inbrunst diskutiert worden, *Clarissas Tortung* war in einem viel geteilten und mit noch mehr Häme bedachten Kurzvideo zu sehen, wobei die Tortung selbst in Zeitlupe wiedergegeben wurde, der eine lange Moment nach dem schnellen Anlauf der Schwarzgekleideten, in dem ein schwarzer Lederhandschuh Clarissa eine Torte ins Gesicht drückt, als sie ihren Kopf nach hinten dreht. Dann friert das Bild ein – Clarissas Mund verzerrt, ihr linkes Auge zugedrückt, das rechte weit aufgerissen, überall die klebrige weiße Masse –, damit man es ein paar Sekunden lang als Standbild genießen kann. Zum Abschluss der

Aufruf, sich der *Absperrung des Hauses* anzuschließen oder sich mit ihr zu solidarisieren.

Vom Flachdach des alten Backsteingebäudes aus, in dem einst Arbeiter an Förderbändern Autozubehör angefertigt hatten, zählte ich drei Kameras von Fernsehsendern. Renata und ich blickten abwechselnd durch einen Feldstecher nach unten, den Clarissa uns gegeben hatte. Wir sahen lose Grüppchen von Schaulustigen, aber auch Menschen, die darauf hofften, Clarissas Ankündigung, die Blockade zu durchbrechen, würde ihnen den Zugang zu frischer Milch eröffnen. Die Belagerer hatten angekündigt, sich einer Räumung durch die Polizei friedlich zu widersetzen. Kara hatte in einem Video verlautbart, sie würden sich vor dem Haus anketten beziehungsweise auf den Boden kleben und jede Gewalttätigkeit der Polizei dokumentieren. Das sei das Mindeste, was sie für die hungrigen Babys und Kleinkinder tun könnten.

Die Kameras waren auf das Haus und die Menschen davor gerichtet, die Menge skandierte kämpferische Parolen, um sich Mut zu machen. Sie feierte sich selbst, feuerte sich an, ihre Entschlossenheit war augenscheinlich. Anders als mit Wasserwerfern, befürchtete Renata, würde sie kaum zu zerstreuen sein. Clarissa hatte ein paar Goldene mit aufs Dach genommen, die anderen saßen unten vor ihren Bildschirmen und pumpten. Wir standen auf der kleinen Fläche des Daches, die nicht von Solarpanels belegt war. Die Aussicht war wunderbar. In ein paar Minuten würde sich alles ändern.

Clarissa stellte eine große Vase auf den Boden, Anna hielt ihr Mobiltelefon bereit. Clarissa drehte sich zu uns um. Nicht die naheliegendste Option, sagte sie, müsse man wählen, sondern immer die überraschendste. Fünf Sekunden vor zehn zählte sie den Countdown ein.

14

Um Punkt zehn Uhr zischte eine Rakete in die Luft. Sie explodierte hoch über unseren Köpfen, rote und grüne und orange Pünktchen wirbelten auf, wie eine Blumenkrone funkelten sie über dem *Haus des flüssigen Goldes*, ehe sie in Schlieren nach unten hin wegbrachen, rieselnd und taumelnd verglühten. Unten war es still geworden. Alle blickten in den hellblauen Vormittagshimmel, in den eine Feuerwerksrakete gefahren war. Auch auf dem Dach war es still.

Als sich der Rauch verzogen hatte, drückte Clarissa auf einen Knopf. Ein Schwirren und hohes Brummen hob an, Renata griff nach meiner Hand, ihre Haare wehten. Ein schwarzes Insekt stieg von einem Solarpanel senkrecht in die Luft, es sirrte und brummte und hielt eine große gelbe Box in seinen Krallen. Das Insekt stieg höher und höher, bis es lautlos geradewegs davonflog. Da stieg ein zweites in die Luft, ein drittes, ein viertes, ein fünftes, Mariella ballte die Faust, Renata stand der Mund offen, Clarissa nickte uns einer nach der anderen zu, das Surren wurde immer lauter, ein Wespenschwarm weit über uns – und hoch über allen Köpfen und Transparenten und Fahnen. Bald waren unzählige schwarze Punkte in der Luft, hielten gelbe Boxen umklammert und flogen in alle Himmelsrichtungen davon.

»Fliegt, fleißige Bienen«, rief Clarissa, »fliegt!«

Wir jubelten und klatschten, unten wurde getrommelt und gepfiffen, Clarissa verneigte sich, Anna schwenkte ihr Telefon zum Himmel und wieder zu uns zurück. Clarissa hatte ihr Wort gehalten. Unsere Milch war zu den Kindern unterwegs, unser Haus war noch immer umzingelt, aber unsere Ware wieder frei. Ich war unendlich erleichtert. Ich war gern eine Goldene.

Clarissa stand da und genoss den Moment. Kurz schloss sie die Augen. Man spürte, wie sehr sie die Reibung brauchte, um sich lebendig zu fühlen, wie sehr sie die Auseinandersetzung liebte. Sie nickte Anna zu, Anna richtete die Kamera ihres Telefons auf Clarissa.

Die Drohnen, sagte Clarissa, seien zu den Transportern unterwegs, die gestrigen Bestellungen würden heute noch ihre Adressaten erreichen. Wer flüssiges Gold bestelle, bekomme flüssiges Gold. Es fielen keine Mehrkosten an, der Versand koste genauso viel, wie er vor dem Einsatz der Drohnen gekostet habe. Und heute, an diesem Tag, an dem das *Haus des flüssigen Goldes* seine Resilienz unter Beweis stelle, auch wenn emotionale Taliban Frauen und Kinder terrorisierten, sagte Clarissa und hielt kurz inne, heute seien alle Bestellungen versandkostenfrei.

15

Peter bestellte unverzüglich zwanzig Päckchen meiner Milch. Er stand vor dem *Haus des flüssigen Goldes* und sog die Empörung in sich auf. Seine Rippen schmerzten, sein Rücken tat weh. Seit gestern hatte auch sein Sohn keine Milch mehr.

Ja, er zahlte viel für Benjamins Milch. Nein, er ärgerte sich nicht darüber. Für ihn gab es dafür keinen angemessenen Preis. Er war ein guter Vater. Er konnte es sich leisten, und er leistete es sich für seinen Sohn. Er sparte nicht an der Gesundheit seines Kindes. Er fühlte sich von meinem ersten Platz an der Milchbörse bestätigt: Ein Jahr lang hatte er seinem Sohn das Beste vom Besten zu trinken gegeben.

Gestern hatte er mir zum ersten Mal, seit ich im Haus arbeitete, geschrieben. *Kann ich IRGENDWIE Milch für Benjamin bekommen? Er hat gerade das letzte Fläschchen auf einen Zug geleert. Passt auf euch auf.*

Ich hatte nicht gewusst, dass er und seine Frau Milch in einem »hochindustrialisierten Kuhstall« kauften. Ich hatte keine Ahnung davon gehabt, dass sie Benjamin weiterhin meine Milch gaben. Zunächst war ich überrascht gewesen, aber nur bis ich mich an Benjamin erinnert hatte. Momentan könne ich leider nicht helfen, hatte ich geantwortet, würde es aber tun, sobald es wieder möglich sei. Ich hatte Mia gefragt, ob sie sich an Benjamin erinnern könne. Bei der dritten Wiederholung seines Namens hatte sie in die Hände geklatscht. Sie hatten miteinander im Sand gespielt, waren nebeneinander geschaukelt worden, Benjamin war durch Mia lebendiger geworden, frecher, mutiger, er hatte ihr alles nachzumachen versucht, war hinter ihr hergekrabbelt, hatte gelacht, wenn sie gelacht hatte, nur weil sie gelacht hatte.

Das Surren der Drohnen verflüchtigte sich, die Kameras waren weiterhin nach oben gerichtet, Journalistinnen sprachen aufgeregt in Mikrofone, die Menge wurde wieder laut, ihre Lähmung wich Wut und Ärger, Peter war mittendrin. Die Menschenketten vor dem Haus schlossen sich wieder, die Aktivisten begannen erneut zu hüpfen, ein Menschenwogen, ein Menschentoben, und die *Glücksritter auf der Suche nach Humanmilch*, wie Peter sie in seinen Notizen nannte, obwohl er mittlerweile einer von ihnen war, zogen ab, Autos brausten davon. Da wurde das Hüpfen jäh unterbrochen, die Ketten bekamen Lücken.

Mit einem Mal wurde es still. Beinahe schlagartig, von einem Moment auf den anderen. Menschen scherten aus der Belagerungskette aus. Da hatte eine den Arm um einen anderen gelegt, dort sprach einer tröstend auf jemanden ein. Alles schien verlangsamt, nur die Kameraleute liefen zur Fensterfront des Verkaufsraums.

Peter eilte ihnen hinterher. Menschen kamen ihm mit entsetzten Gesichtern entgegen. Jemand musste einen Herzinfarkt erlitten haben. Er sah Kara aufgeregt mit einer jungen Frau sprechen, eine kleine Gruppe hatte sich um sie gebildet.

Er würde Kara später zur Rede stellen. Er ging auf die Kameras und die Journalistinnen zu.

Da hörte er das Weinen. Ein verzweifeltes Schreien. Auf einem Stillkissen vor der Fensterfront lag ein Baby.

16

Ich hörte davon, als ich aus der Dusche des Fitnessstudios kam. Ein Baby als Anklage, sagte eine der Neuen, deren Namen ich immer noch nicht kannte, denen sei nichts heilig. Die seien noch viel verkommener, als sie angenommen habe. Legten ein hilfloses Geschöpf neben einen Karton mit der Aufschrift *Ich bin hungrig. Meine Mutter kann mir nicht mehr helfen*. Ein hilfloses Baby als Waffe! Noch dazu namenlos, nicht einmal einen Namen durfte es haben. Jetzt, sagte sie, wendete sich das Blatt. Sie zeigten der Welt, wer und wie sie waren.

Ich zog mich an und eilte in den Verkaufsraum, der kein Verkaufsraum mehr war. Die schlichte Eleganz der Einrichtung, die Peter in seiner Reportage herausgestellt hatte, der weiße Lack auf Vollholz, der dreiviertelrunde Tisch, hinter dem nun nicht mehr die beiden Verkäuferinnen in gestärkten weißen Blusen, eng anliegenden schwarzen Jeans und gemäßigten High Heels standen, die chromierten Kühlregale mit trinkfertiger und die Eisregale mit eingefrorener Milch, die Kaffee- und Teeinsel, an der sich eine Goldene, die sich verirrt zu haben schien, Tee holte, keine leise Musik im Hintergrund, der Bildschirm, auf dem gestern noch mein Name unter den absteigend nach Preis sortierten Goldenen an erster Stelle gestanden war, schwarz – das *Herz der Gegenwart*, das, wie Peter in seiner Reportage geschrieben hatte, die meisten für die Zukunft gehalten hatten, schlug nicht mehr.

Da sah ich das Baby. Auf einem schmutzigen Stillkissen vor der Fensterfront. Eine junge Frau hob es auf, hielt sein Köpfchen, strich ihm langsam und sanft darüber. Das Baby zitterte. Es schlug um sich, aber wie in Zeitlupe. Sein Mund stand offen. Es brüllte.

17

Niemand schrie, niemand brüllte, als ich ins Freie trat. Ein paar Pfiffe gellten, ohne ansteckend zu wirken. Es war, als dürfte die Menge wegen des Babys nicht mehr toben. Das Baby tobte für die Menge, leise und kraftlos. Ich trug meinen hellblauen Trainingsanzug mit der gelben *7* und dem gelben *MAYA*-Schriftzug auf dem Rücken und die gelben Turnschuhe, die auf dem tausendfach geteilten Foto zu sehen waren. Ich ging so selbstverständlich wie möglich an den Menschen vorbei. Niemand berührte mich. Ich bog zur Fensterfront ab. Die Kameraleute liefen in meine Richtung, Stille machte sich breit.

Mein Haar war noch nass. Ich ging direkt auf die junge Frau zu, die das Baby vergeblich zu beruhigen versuchte. Wir wechselten kein Wort, als ich es an mich nahm, seinen hochroten Kopf streichelte, ihm etwas zuflüsterte und die Umstehenden mit einer kurzen Handbewegung ein paar Schritte nach hinten schickte. Ich drehte mich um und setzte mich auf das Stillkissen, mit dem Rücken zur Menge und zum Parkplatz, das Gesicht der Glasfront des Hauses zugewandt. Der Raum war leer, die Goldene mit dem Tee gegangen. Ich öffnete den Reißverschluss meiner Trainingsjacke und setzte das zitternde Geschöpf an meine Brust. Ich hatte lange nicht mehr gebetet; jetzt betete ich kurz und inständig, der Kleine möge mein Angebot annehmen.

Einen Moment lang fühlte es sich seltsam an, ein unbekanntes Kind an meine Brust zu setzen. Aber der Kleine saugte sich schnell fest und trank so gierig, dass ich seinen Hunger spürte. Kraft und Leben kehrten in ihn zurück. Er strampelte nicht mehr, nur seine Brust hob und senkte sich rasend schnell. Applaus brandete auf. Er mochte drei Monate alt sein, war sehr dünn, äußerst zerbrechlich. Mir fiel wieder ein, wie es mit Mia in diesem Alter gewesen war. Es war noch nicht so lange her; trotzdem hatte ich es beinahe vergessen. Ich wiegte meinen Oberkörper und summte leise. Alles werde gut, sagte ich ihm, bestimmt, und versprach ihm, mich um ihn zu kümmern, bis das hier vorbei sei. Außer den schnellen Schritten der Kameraleute und einiger Menschen, denen nichts wichtiger zu sein schien, als ihren Mobiltelefonen einen besseren Blickwinkel auf mich zu ermöglichen, war nichts zu hören. Ich beschloss, auch sie nicht zu hören.

Ich saß auf dem Stillkissen und stillte. Der Atem des Babys wurde gleichmäßiger und leiser. Ich hatte seit einem halben Jahr nicht mehr gestillt. Plötzlich rief jemand: »Bravo, Maya!« Ich kannte die Stimme; Peter rief noch einmal: »Bravo, Maya!«, »Bravo, Maya!«, wiederholte einer, und »Brava, Maya!« schrie eine andere, aber es war kein Schreien, es waren Laute der Erleichterung, der Erlösung. Der Kleine trank nicht mehr gierig. Er trank, so viel er trinken konnte.

Als seine Lippen allmählich losließen, sank sein Köpfchen nach hinten. Ich strich ihm sanft über die Haare. Jetzt war er gestillt. Aber jetzt war jetzt. In ein paar Stunden würde er wieder vor Hunger schreien. Ich wusste nicht, was ich tun sollte. Ich saß da, die Sonne schien mir auf den Rücken. Ihn einfach mit ins Haus nehmen?

Ich zog den Reißverschluss zu und legte den Schlafenden an meine Schulter, richtete mich langsam auf und drehte mich um. Hunderte Augenpaare waren auf mich gerichtet, unzählige Mobiltelefone, mehrere Kameras. Niemand sagte etwas, alle starrten mich an. Verblüfft und dankbar, manche wütend. Herrgott, ich konnte ja nicht alle hungrigen Kinder dieser Welt stillen!

Da sah ich Peter. Ich hatte ihn seit meinem Eintritt ins Haus nicht mehr gesehen. Eines seiner Augen war blutunterlaufen, er applaudierte mir tonlos, als eine Frau aufschrie und sich einen Weg durch die Menge bahnte. Sie steuerte direkt auf mich zu, umarmte mich, sie küsste meine Wangen, »danke«, sagte sie, »danke, ich weiß nicht mehr, was ich tun soll, ich schäme mich, du kannst dir gar nicht vorstellen, wie sehr ich mich schäme, Gott schütze dich, Maya.« Ich legte den Kleinen in ihre Arme. Ein paar Leute klatschten, ein paar pfiffen, ich reichte ihr mein Mobiltelefon und bat sie, Adresse und Namen einzutippen, damit ich ihr Milch schicken könne, bis es wieder Pulver gebe. Sie tippte schnell, Jaqueline, jetzt kannte ich ihren Namen, küsste mich noch einmal auf die Wangen und eilte davon. Ich schloss die Augen.

Als ich sie wieder öffnete, stand eine Frau mit einem Mikrofon vor mir. Der Mann neben ihr hatte seine Kamera auf mich gerichtet. Sie sagte etwas von einem Video und wie man sich als Heldin fühle. Ich verstand kein Wort. Ich schüttelte den Kopf und ging zum Eingang. Niemand stellte sich mir in den Weg. Die Sicherheitsmänner folgten mir ins Innere. Sie schwiegen. Die Tür schob sich zu.

18

Eine merkwürdige Stille empfing mich. Alle Goldenen, die im Haus geblieben waren, standen im Verkaufsbereich. Einige hatten ihre Kinder bei sich, andere ihre Pumpen. Fast alle blickten betreten zu Boden oder anderswohin, nur nicht in meine Richtung. Nur Renata strahlte mich an. Sie schloss die Augen und nickte mir zu. Mariella blickte mich hasserfüllt an. Die Goldene, die mir in der Umkleidekabine des Fitnessstudios von dem Baby erzählt hatte, schüttelte entgeistert den Kopf.

Ich blieb stehen, als ich ein hohles Klatschen hörte. Einmal, zweimal, dreimal. Clarissa kam mir entgegen. Ein paar Schritte vor mir blieb sie stehen.

»Bravo, Maya«, sagte sie, »bravo. Du bist jetzt eine Heldin, ein Star im Netz, die umjubelte Brust der Nation. Außerdem bist du gefeuert.«

Sie klatschte noch einmal.

Ich blickte mich hilfesuchend um. Keine sah mich an. Selbst Renata konnte mir nicht in die Augen schauen. Nur Clarissa blickte mich unverwandt an. Da war auf einmal eine unüberbrückbare Wand zwischen uns.

»Du hast uns alle verraten«, sagte sie.

»Ich wollte Druck aus der Situation nehmen.«

»Du hast jetzt keinen Druck mehr«, sagte sie. »Das ist unsere Milch, das flüssige Gold des Hauses. Du hast von uns gestohlen. Ich muss dich nicht an unseren Vertrag erinnern. Ich bin maßlos enttäuscht von dir, Maya. Pack deine Sachen und geh mir aus den Augen.«

Clarissa drehte sich um und schritt los. Als sie die Treppe hinaufging, schlichen die ersten Goldenen davon. Ich wollte ihr hinterherlaufen; etwas stoppte mich. Renata kam auf mich zu. Sie umarmte mich.

»Du hast das Richtige getan«, sagte sie.

»Kannst ja auch gleich rausgehen«, schrie Mariella, »gibt sicher noch was zu stillen, vielleicht einen Bodybuilder zur Abwechslung! Ich würde die Arschlöcher wegprügeln! Ich würde nicht die Polizei, ich würde das Militär rufen! Ihr gebt diesen Terroristen recht?!«

»Hast du gesehen, wie der Kleine gezittert hat?«, rief Renata. »Warum haltet ihr alle die Klappe?«

»Lass gut sein«, sagte ich.

»Du wolltest nur berühmt werden«, brüllte Mariella, »von der Bösen zur Guten! Hau ab!«

Ich wollte nur noch weg. Ich wusste nicht, wohin. »Danke«, sagte ich zu Renata. Dann ging ich los, Mia holen.

19

Ich, die siebzig Liter der nahrhaftesten Muttermilch pro Woche abpumpte, ich, die mit Abstand die besten Werte hatte, mich gesund ernährte, sportlich und fit war, ich, Maya, die auf keine herabschaute, die sich für nichts Besseres hielt, die mit Freude und Dankbarkeit an die Arbeit ging, ich, die meinen ersten Kunden, der mich überhaupt auf diese Fährte gebracht hatte, nicht mehr traf, weil ich eine Vereinbarung mit Clarissa hatte, ich, die dem *Haus des flüssigen Goldes* mehr Aufmerksamkeit als je zuvor, bei weitem mehr Aufmerksamkeit und Bestellungen als je zuvor verschafft hatte, ich, Maya, die zum Gesicht, zum Trainingsanzug, zu den Turnschuhen, zum Mittelfinger des Hauses geworden war, ich, die mit meiner Tochter, meinem einzigen Schatz, meiner Heimat auf dieser Welt, im Haus ausgeharrt hatte, weil ich mit den anderen solidarisch war, obwohl Clarissa mich aus dem Schussfeld hatte nehmen wollen, ich, die den anderen Goldenen Tipps zur Ernährung, zum Pumpen, zur Konzentration, zur Ruhefindung gab, wenn man mich darum bat, ich, deren Milch für viel Geld verkauft wurde, ich, die Tag für Tag ihr Bestes gab, um einmal ein Leben aufbauen, um vielleicht studieren zu können, für Mia und mich, ich, die als Erste auf die Sprossenwand geklettert war, weil ich den anderen Goldenen vertraute, so wie sie mir vertrauen konnten, ich, Maya, die einem hilflosen Geschöpf wieder Kraft eingeflößt hatte, ich, die pumpte und pumpte, abfüllte und abfüllte, Kühlschränke und Eisschränke voller Milchfläschchen und Milchpackungen, ich, die gab und gab und sich keinen Augenblick beklagt hatte, ich, die erstmals kurz davor war, *Goldene des Monats* zu werden – ich, Maya, sollte gestohlen haben?!

Von uns? Von einem Wir, in dem ich schon nicht mehr enthalten war? Von einem Wir, an dem ich beharrlich gearbeitet hatte, wenn es böses Blut zwischen den Goldenen gegeben, wenn sich eine zurückgesetzt, übersehen gefühlt hatte?

Ja, ich kannte unseren Vertrag. Und weil ich ihn kannte, hatte ich Peter keine Milch mehr verkauft, weil mein Handschlag, weil meine Unterschrift galt. Unser Vertrag sagte, dass außer der Milch, die für mein Kind war, alle Milch, die ich produzierte, dem *Haus des flüssigen Goldes* gehörte. In diesem Moment war dieses Kind mein Kind gewesen. Unser Kind. Unser aller Kind, von denen drinnen und denen draußen. Ich war maßlos enttäuscht von Clarissa. Wir, Mia und ich, waren maßlos enttäuscht von ihr.

Ich beendete die Aufnahme. Ich wollte weder weinen noch schreien noch gegen das Sofa treten. Ich atmete tief durch. Jetzt ging es mir ein bisschen besser, mein Kopf fühlte sich etwas klarer an. »Für uns, Schatz, zur Erinnerung«, sagte ich zu Mia, die unermüdlich von einem zum anderen Ende des kleinen Raums lief, den wir beide nie wieder betreten würden. Wenn ich etwas stahl, dann die Pumpe. Und zwar aus Überzeugung. Meine hatte ich verkauft, diese war mir vom Hersteller zur Verfügung gestellt worden, dessen Logo auf den Seiten des Hauses zu sehen war.

»Oder ist es nicht nur für uns?«, fragte ich Mia und schwenkte mein Telefon in der Hand. »Sag Ja oder Nein.«

»Nein«, sagte Mia.

Ich teilte das Video auf meinem Profil und stellte mein Telefon lautlos. Dann packte ich die Pumpe unter meine Wäsche und zog den Reißverschluss meiner Sporttasche zu. Mias Bären und ihren Elefanten steckte ich zu ihrer Trinkflasche und ihrer Schmutzwäsche in den kleinen violetten Rucksack, auf den ein lustiger Frosch gestickt war. Meine Kühlbox ließ ich stehen.

20

Als wir das *Haus des flüssigen Goldes* verließen, wurde ich wie ein Rockstar empfangen. Die Menschen, die mir alles Schlechte dieser Welt gewünscht hatten, klatschten und johlten und brüllten meinen Namen, sie riefen »Bravo« und »Danke« und »Heldin«. Mias Kopf ruhte auf meiner Schulter, dennoch zog ich ihr die Mütze tief ins Gesicht. Ich machte ein paar Schritte auf die Menge zu, ehe ich stehenbleiben musste.

Was ich zu Madame Gazelle sagte, rief ein Reporter.

Ich hatte keine Ahnung, warum ich jetzt etwas über Madame Gazelle sagen sollte. Natürlich wusste ich, wer sie war, hatte mich aber nie eingehend genug mit ihr beschäftigt, um eine Meinung zu ihr zu haben. Die Frage kam mir absurd vor.

»Werden Sie Ihre Kündigung anfechten?«

»Werden Sie um Ihre Rückkehr kämpfen?«

»Was meinen Sie mit Sprossenwand?«

»Was geschieht jetzt mit Ihrer Milch?«

Unzählige Mikrofone wurden mir entgegengestreckt, unzählige Kameras auf mich gehalten, jeder Mensch, der ein Mobiltelefon hatte, schien es auf mich gerichtet zu haben. Ich blickte in den blauen Himmel, eine weiße Wolke zog sehr schnell darüber. Keine Feuerwerksrakete fuhr in die Luft.

Meine Tochter wird für zehn trinken müssen. Sagte ich nicht.

Das wissen die Götter, und die schweigen. Hatte ein Lehrer von mir gern gesagt. Konnte ich auch nicht sagen.

»Ich muss mir erstmal eine Pumpe besorgen«, sagte ich.

»Machen Sie Ihr eigenes Haus auf?«

Man solle mich um Himmels willen durchlassen, antwortete ich, meine Tochter brauche Ruhe.

Da schrie eine »Wir sind Maya!«, und andere setzten ein, die Ordner der Aktivisten bahnten uns einen Weg durch die Menge, ich drückte Mia fest an mich, »Wir sind Maya!«, skandierten alle, ich ging durch ein Menschenspalier, ohne nach links oder rechts zu blicken, die Aufgeregten klatschten mir Beifall, Menschen in orangen Schutzanzügen drehten sich um, bevor ich an ihnen vorbeikam, um ein Foto mit mir im Hintergrund aufzunehmen.

»*Ich* bin Maya«, flüsterte ich Mia ins Ohr.

Da kam mir Kara, die Kahlgeschorene, entgegen.

»Respekt, Maya«, sagte sie, »die Welt bräuchte mehr Frauen wie dich.«

War ich auf einmal keine Schande mehr für meine Tochter? Ich blieb nicht stehen. Kara fragte, ob ich mit ihnen zusammenarbeiten wolle. Ich ging weiter; sie ging neben mir her. Wir könnten, sagte Kara, meine Milch vor dem Haus verteilen, um zu zeigen, wer den Ernst der Lage verstanden, wer ein Herz habe. Das hier sei kein Schachspiel.

Mia hatte ihre Arme um meinen Hals geschlungen, die Augen weit geöffnet. Auf ihrem Rücken hing der kleine violette Rucksack, von ihrem Hals baumelte mein Anhänger mit der Schlüsselkarte des Hauses. Ich nahm ihn ihr ab und ließ ihn unauffällig fallen, nachdem ich Kara wortlos hinter mir gelassen hatte. Nach ein paar Schritten drehte ich mich zu ihr um, blickte kurz auf den Boden und raunte ihr zu, ich hätte meine Schlüsselkarte verloren.

Die Kameraleute folgten mir, Neugierige hatten sich ihnen angeschlossen, es gab keine Perspektive, aus der ich nicht gefilmt wurde. Ich sah, wie sich Kara nach meinem Anhänger bückte. Ich lächelte. Die Reporter riefen weiterhin ihre Fragen. Sie wollten wissen, was ich mit meinem Ruhm tun wolle. Ich war Alleinerzieherin. Ich war arbeitslos, lohnarbeitslos. Ich sagte kein Wort.

Knapp vor meinem Wagen drehte ich mich um und bedeutete den Journalisten, mir zumindest ein wenig Platz zu lassen. Ich öffnete den Kofferraum, legte die Tasche hinein, dann öffnete ich die Hintertür, setzte Mia in ihren Sitz und schnallte sie an. Als ich einsteigen wollte, entdeckte ich einen Zettel unter meinem Scheibenwischer.

Ruf mich an. Ich bin für dich da. Peter.

Ich wusste, dass alles live zu sehen war. Als ich die Fahrertür schloss, winkte ich. Ich wusste nur nicht, wem.

21

Peter lehnte an der Tür seines Autos. Er sah ramponiert aus. Ich stellte meinen alten roten Toyota hinter seinem schwarzen SUV auf dem kleinen Rastplatz ab, zu dem er mich gelotst hatte. Hinter einer kleinen Wiese lag ein Wald, zur Straße hin war der Platz von Bäumen flankiert. Vögel zwitscherten; Clarissa konnte sie nicht fangen.

Zur Begrüßung fragte er mich, wie viele Follower ich gehabt hätte. Er umarmte mich. Es fühlte sich gut an, umarmt zu werden. Warum gehabt hätte? Ich hob Mia aus ihrem Kindersitz, sie erkannte Peter, strahlte ihn an, auch wenn er wie ein Boxer nach einem böse verlorenen Kampf aussah. Ich war stolz auf ihr Erinnerungsvermögen.

Madame Gazelle, sagte Peter, Madame Gazelle. Er wiederholte den Namen mehrmals, als könnte er nicht glauben, ihn auszusprechen. Madame Gazelle habe ein Video geteilt, was heiße: geteilt, gepriesen, in dem ich vor dem abgesperrten *Haus des flüssigen Goldes* ein fremdes Kind stillte. Madame Gazelle habe, er habe mehrere Male hinschauen müssen, 370 Millionen Follower und *Jetzt schon die Heldin des Jahres* unter das Video geschrieben. Ich könne mir ja vorstellen, was das bedeute, nein, man könne sich noch nicht auch nur ansatzweise vorstellen, was das bedeute. Er schien nicht fassen zu können, dass Madame Gazelle von einem Menschen gesprochen hatte, den er kannte.

Soviel ich wusste, hatte ich knapp siebentausend Follower. Vor meinem Mittelfinger waren es dreitausend gewesen.

»Fünf Millionen«, sagte Peter und zeigte auf mich. »Du hast fünf Millionen.«

Er holte Mias Kindersitz aus meinem Auto und trug ihn wortlos zu seinem. Wir kämen jetzt erstmal zu ihnen mit, sagte er, er kenne seine Kollegen von der Sensationsmaschine, die würden überall nach meiner Karre Ausschau halten. Dass ich nicht nach Hause könne, sei mir ja wohl selbst bewusst. Ja, so viel war mir selbst bewusst. Wohl war mir nicht dabei. Die Baumkronen bewegten sich sanft. Ich hörte einen Specht. Ich wies Mia auf ihn hin.

Auf der Fahrt fragte ich Peter, wie er zu seinem blauen Auge gekommen sei, das in Wirklichkeit dunkelgrün war. Ich wollte eine Stimme hören, die von etwas anderem sprach. Er aber erzählte mir ausführlich, was er in den letzten beiden Tagen in und vor dem *Haus des flüssigen Goldes* erlebt und gesehen hatte. Das Wichtigste ließ er aus.

Er war auf dem Asphalt des Parkplatzes wieder zu sich gekommen, als ihm jemand das Gesicht getätschelt hatte. Eine Frau war über ihm gekniet, die Sorge in ihrem Blick hatte ihn besorgt. Er wusste nicht, wie lange er da gelegen war. Üblicherweise musste man lange auf einen Termin warten oder viel Geld ausgeben, aber Peter kannte die richtigen Leute, und weil ein Freund von ihm Arzt und dieser mit einem Radiologen befreundet war, war Peter kurz darauf in einem Kernspintomographen gelegen, in dem es metallisch pochte und hämmerte. Ein junger Arzt, der ihm wie ein Schauspieler aus einer Arztserie vorgekommen war, weiße Zähne, selbstbewusst, jung und agil, hatte Peters Befürchtung eines Rippenbruchs zerstreut. Er hatte sich mehrere Rippen geprellt, was mehr schmerzen konnte als ein Bruch. Und – Peter lachte – ihm geraten, so etwas anzuzeigen, auch wenn Männer nicht gern über häusliche Gewalt redeten.

Ich fragte Peter, ob er sie angezeigt habe. Er schüttelte unwirsch den Kopf. Sosehr es ihn schmerze, und das meine er buchstäblich, müsse er diese gefährlichen Idioten fürs Erste laufen lassen. Er verfüge über andere Mittel. Wegen der Milch solle ich nichts zu Esther sagen. Eine sensible Angelegenheit. Ich blickte aus dem Fenster. Mia war eingeschlafen. Und Peters Auge dunkelgrün, weil er meine Milch nicht hatte hergeben wollen.

22

»Da ist sie«, sagte Esther und starrte mich ungläubig an, »*hier* ist sie.«

Sie war zur Tür geeilt, weil sie Peters Wagen gehört hatte. Sie küsste mich auf die Wangen und umarmte mich, als wollte sie mich nie wieder loslassen. Ich hatte sie mir ganz anders vorgestellt, schwächer und blasser, lebloser. Wunderbar, rief sie, Gänsehaut, eine Freundin habe ihr einen Link zu dem Video geschickt, das Madame Gazelle geteilt habe, die ja zu Übertreibungen neige, aber es stimme, es stimme, ich sei jetzt schon die Heldin des Jahres, zumindest ihre Heldin des Jahres. Sie sei in Tränen ausgebrochen, als ich mit dem schlafenden Baby aufgestanden sei. Endlich einmal eine gute Nachricht!

Ich freute mich. Es kam von Herzen. Ich freute mich auch, dieser Frau und ihrem Kind mit meiner Milch helfen zu können.

In diesem Tumult habe er mir einfach beispringen müssen, sagte Peter, er habe sich einen Eindruck von der Belagerung verschaffen wollen, und als er erfahren habe, dass ich gefeuert worden sei, sei alles so schnell gegangen, dass er Esther nicht einmal Bescheid –

Esther schüttelte den Kopf. Sie hieß Mia und mich herzlich willkommen. Ihr Haus sei jetzt auch das unsere.

»Aber kommt«, rief sie, »kommt! Das hat wie eine Bombe eingeschlagen.«

»Darum habe ich sie ja in Sicherheit gebracht«, sagte Peter.

»Ich meine die Besetzung des Hauses oder den Sturm des Hauses oder das Eindringen in das –«

Wir blickten sie fragend an.

»Echt jetzt?«

Esther lachte. Sie konnte es nicht glauben. Ihr Mann, der diese Reportage über unser Haus verfasst hatte, und ich, die aus ihm vertrieben worden war –

»Ihr habt keine Ahnung, was gerade los ist«, murmelte sie und lachte weiter, als sie vor uns ins Wohnzimmer eilte, »keine Ahnung. Setz Mia schnell zu Benjamin, der schaut gerade ein Video. Die sind drin, im Haus, die Aktivisten streamen alles. Die sind einfach durch den Hintereingang ins Haus geströmt. Waren selbst überrascht, auf keine Gegenwehr zu stoßen. Auf einmal hat man Clarissa am oberen Ende einer Treppe gesehen. Wo ist sie?, hat sie gerufen, und ihre Assistentin hat ängstlich an ihr vorbei nach unten gespäht. Die Kamera hat zu Kara geschwenkt, die hat die Arme verschränkt und grinsend gefragt: Wer? Maya!, hat Clarissa gebrüllt.«

»Wo sie ist?«, wiederholte Esther und zeigte auf ihren Parkettboden, »hier!«

Esthers Laptop stand auf einem großen Tisch im Wohnzimmer. Ich musste mich in die Mitte setzen, zwischen sie und Peter. Auf dem Bildschirm waren ein paar Aktivisten zu sehen, einige von ihnen in orangen Schutzanzügen, die anderen in Schwarz. Sie schienen sich zu beratschlagen.

»Die diskutieren das jetzt aus«, erklärte uns Esther, »aber es dürfen höchstens zehn Aktivisten sein, die anderen müssen raus, im Haus sind laut Clarissa an die dreißig Kleinkinder und viele übermüdete Frauen, die Ruhe brauchen, keine Drohkulisse.«

»Was ausdiskutieren?«, fragte Peter.

»Na was«, sagte Esther, »die Milch. Stell deinen Laptop an, auf dem Ding sehen wir nichts.«

Sie deutete auf ihr Mobiltelefon, das an einer Tasse lehnte und auf dem ich die Sicherheitsmänner einen großen Tisch aus der Warenauslieferung schleppen sah. Es war der Stream des Hauses. Clarissa hatte noch nie gestreamt.

»Was ausdiskutieren?«, wiederholte Peter.

»Dass das Hausfriedensbruch ist, wissen sie selbst, hat Clarissa gesagt, nachdem sie nach Maya gefragt hatte –«

»Warum das?«, sagte Peter und blickte mich verdattert an. »Sie hat dich doch gefeuert.«

»Ich habe meine Schlüsselkarte verloren, Kara hat sie aufgehoben.«

»Verloren?«, fragte Peter.

»Fallen gelassen«, sagte ich, »absichtlich.«

»Du *bist* eine Heldin!«, rief Esther.

Peter atmete übertrieben tief ein und ließ die Luft langsam aus seinem Mund entweichen.

»Hausfriedensbruch«, sagte er noch einmal. Auf seinem Laptop lief bereits der Stream des Hauses, die Sicherheitsmänner rückten mit eingefrorenen Gesichtern Stühle an den Tisch. Sie wirkten niedergeschlagen.

»Clarissa«, sagte Esther und bemühte sich, langsamer zu sprechen, »hat gesagt, das ist Hausfriedensbruch, aber das wissen sie ja selbst. Sie wollte wissen, was die hier wollen. Milch, hat Kara gesagt. Nur über meine Leiche, hat Clarissa geantwortet. Dazu muss es nicht kommen, hat Kara gesagt und gegrinst, dazu wird es nicht kommen, der freundliche Herr neben mir streamt nämlich. Dann hat sie sich zur Seite gedreht und direkt in die Kamera gefragt: Wie viele Zuseher haben wir?

Fünfzehntausend«, sagte Esther und korrigierte sich nach einem kurzen Blick auf Peters Bildschirm: »Sechzehntausend.« Clarissa hatte dreizehntausend. Sie schritt in diesem Moment die Treppen hinunter, man sah sie von hinten.

»Das Haus«, sagte Esther, »ist noch nicht lange live. Der Aktivist, der *fünfzehntausend* gesagt hat, also der, der offenbar filmt, hat vorgelesen, was die Menschen im Netz von den Besetzern fordern: Sie sollen die Milch holen, bevor Kinder verhungern. Daraufhin hat Clarissa zu ihrer Assistentin gesagt, dass sie jetzt auch live gehen.«

»So«, sagte Esther.

Sie blickte mich an, sie blickte Peter an, sie atmete tief aus und lehnte sich erschöpft zurück.

»Und ich hab nie verstanden, was mein Mann an diesem scheußlichen Haus – pardon, Maya, ich bin ehrlich –, was Peter an diesem industrialisierten Kuhstall so interessant findet.«

23

Clarissa saß an der Mitte des Tisches, Anna mit gezücktem Mobiltelefon neben ihr, links von Clarissa saß Mariella, rechts von Anna Renata. Um den Tisch standen Goldene und Aktivisten, im Hintergrund die Sicherheitsmänner. Anna schob Clarissa einen Zettel zu. Ich blickte nach rechts auf Esthers Bildschirm: Die Aktivisten hatten 20 000 Zuseher. Ich blickte nach links auf Peters Bildschirm: Das Haus hatte 16 000. Ich entschied mich für Esthers Bildschirm.

»Sie verzeihen mir, wenn ich Sie nicht begrüße«, sagte Clarissa und faltete die Hände vor sich auf dem Tisch, »ich habe Sie nicht eingeladen. Ich frage mich seit Tagen – und das ist keine rhetorische Frage –, was Sie hier wollen.«

»Milch«, sagte Kara.

»Zum Beispiel die von Mariella?«

Clarissa deutete nach links.

»Und die von allen anderen. Wir sind in einer Ausnahmesituation, falls Sie es noch nicht mitbekommen haben.«

»Willst du deine Milch verschenken, Mariella?«

»Nur über *meine* Leiche«, sagte Mariella.

»Renata, willst du deine Milch verschenken?«

»Auf keinen Fall«, sagte Renata.

»Will sonst jemand Milch verschenken?«

Clarissa blickte sich um und sah von einer Goldenen zur anderen. Keine sagte ein Wort. Sie standen wie Angeklagte da, die nicht wussten, was sie verbrochen hatten, sich aber einer Schuld bewusst waren.

»Das wäre also geklärt. Sie wissen wahrscheinlich, wo die Kühl- und Eisschränke stehen, Kara. Blicken Sie Mariella jetzt in die Augen und erklären Sie ihr, warum sie bestohlen werden soll.«

»Da draußen brüllen Babys vor Hunger. Wenn sie noch brüllen können. Da draußen weinen ihre verzweifelten Eltern. Wenn sie noch weinen können. Ihre Mütter können sie nicht oder nicht ausreichend stillen, in den Geschäften gibt es so gut wie kein Milchpulver mehr. Hier gibt es Milch in Hülle und Fülle. Die sich kein normaler Mensch leisten kann. Wir haben lediglich eine drastische Reduktion der Preise bis zum Ende der Krise gefordert.«

»Für die wir nichts können.«

»Aber für die Preise.«

»Dass sich die kein normaler Mensch leisten kann, stimmt auch nicht. Alles eine Frage der Prioritäten.«

»Bitte wiederholen Sie das«, sagte Karas Mitstreiter und zoomte in Clarissas Gesicht, »Sie werden immer unbeliebter.«

Clarissa blickte zu Anna, die kurz den Kopf schüttelte.

»Was sagen Sie den Eltern, die bei uns Milch für ihre hungrigen Kinder bestellen? Dass diese kein Recht auf gesunde Ernährung haben, weil?«

»Milch ist keine Ware«, sagte Kara.

»Was dann? Klären Sie uns auf.«

»Eine nahrhafte Flüssigkeit, die mit der Geburt eines Kindes einhergeht.«

Clarissa zog die Brauen hoch.

»Einhergehen kann.«

»Wem gehört sie?«

»Dem Kind.«

Clarissa runzelte die Stirn.

»Auch der Mutter. Aber ohne Kind gäbe es keine Milch.«

»Ich habe kein Kind«, sagte Mariella.

Sie sagte es leise und bestimmt.

»Also gehört mir meine Milch nicht? Sondern der Allgemeinheit?«

Clarissa stützte die Ellenbogen auf den Tisch und ihr Kinn auf die gefalteten Hände. Ein Lächeln huschte über ihr Gesicht. Sie zeigte, wie sehr sie sich um Nachsicht mit Kara bemühte.

»Kara? Antworten Sie. Sie werden immer unbeliebter.«

»Gehört meine Milch der Allgemeinheit?«

Mariella stand auf und zog ihren Pullover über den Kopf, ehe sie ihn sorgfältig vor sich auf dem Tisch zusammenfaltete. Clarissa flüsterte Anna etwas zu, Mariella zog langsam zuerst den einen, dann den anderen Träger ihres BHs über die Schulter und schleuderte ihn von sich. Wahrscheinlich hatte sie die Kamera treffen wollen, für ein paar Sekunden flimmerte das Bild, etwas Beiges bedeckte es, das Bild ruckelte, bevor Mariella wieder zu sehen war. Ihr Busen war enorm. Sie zitterte vor Wut. Schnaufend stand sie neben Clarissa.

»Wollt ihr mich festhalten? Mir ein Baby an jede Brust setzen? Weil ich kein Kind habe? Weil meine Milch allen –«

Das Bild fror ein, dann wurde es schwarz.

»Nippel«, sagte Esther und lachte, bevor sie den Kopf schüttelte. »Wie unzüchtig!«

Auf Peters Bildschirm blickte Kara fassungslos auf das Mobiltelefon ihres Mitstreiters, das nun keine bewegten Bilder mehr aus dem Haus schickte. Sie drehte sich hilfesuchend um. Die Aktivisten schüttelten die Köpfe. Esthers Bildschirm war schwarz, ihr Kopf nah neben meinem. Sie hielt den Atem an.

»Sind Sie Feministin, Kara?«, fragte Clarissa.

»Natürlich.«

»Das bezweifle ich.«

»Sie? Die Milchzuhälterin?«

»Frauen«, sagte Clarissa, »haben ewig darum gekämpft, dass ihre ungesehene Arbeit anerkannt und entgolten wird. Genau das geschieht hier. Sie wollen, dass diese Arbeit gratis ist, indem Sie sich auf eine Krise berufen, für die diese Frauen absolut nichts können. Genauso gut könnten Sie diese Frauen gegen ihren Willen mitnehmen, damit sie Ihre Buden putzen, für Sie kochen oder sich um Ihre Alten und Gebrechlichen kümmern.«

24

»Sie ist gut«, sagte Peter.

»Furchtbar ist die«, sagte Esther. »Die hat Maya gefeuert, weil sie ein Baby gerettet hat.«

Ich sagte nichts. Ich saß zwischen Peter und Esther, Mia und Benjamin spielten auf der Couch, als hätten sie einander gestern zum letzten Mal gesehen.

»Clarissa gewinnt«, sagte ich. »Mariellas monströser Busen gewinnt für sie.«

»Clarissa hat ja schon einiges mit Brüsten verdient«, sagte Peter und lachte, »aber dass Brüste eines Tages ihre Gegner in die Knie zwingen würden!«

Er wischte sich Tränen aus seinem blauen Auge, das dunkelgrün war.

»Ich hab dein Video gefunden, Maya«, rief Esther, »wann hast du es aufgenommen?«

Vor einer Stunde? Vor zwei Stunden? Ich konnte es nicht sagen.

»Eins Komma sieben Millionen Aufrufe. Ich hab's noch nicht gesehen.«

»Ich auch nicht«, sagte Peter.

Esther klickte das Video an; ich hatte es auch noch nicht gesehen.

»*Das* ist gut«, sagte Esther.

Ich fand es seltsam, mich so wütend, so aufgebracht, aber auch so mitreißend auf Esthers Laptop zu sehen. Das alles war eigentlich für mich und Mia gedacht gewesen. Ich hatte meinen Kopf klären, zumindest leeren wollen. Ich hatte mein Gesicht sehen wollen.

»Ja, Clarissa«, hörte ich mich in dem Video sagen, in meinem hellblauen Trainingsanzug auf meinem grünen Sofa, hinter mir mein großer Kühlschrank, aus dem meine Milch in die Regale und die Eisfächer des Hauses gebracht worden war, »ich kenne unseren Vertrag. Und weil ich ihn kenne, habe ich Peter keine Milch mehr verkauft, weil mein Handschlag, weil mein –«

»Und du bringst die auch noch mit?!«

Esther sprang auf. Sie starrte Peter mit einer Mischung aus Ekel und Hass an. Ihr Mund stand offen, ihre Lippen zitterten. Benjamin schrie auf.

»Der erste Kunde? Echt? Weil meine Milch nicht gut genug ist?!«

»Esther«, sagte Peter so ruhig wie möglich.

»Nichts: Esther!«

Sie blickte mich fassungslos an. Ich sagte kein Wort.

»Wir, Mia und ich«, sagte ich gerade in dem Video, »sind maßlos enttäuscht von dir.« Ein Herzchenschwarm flog neben dem Video.

»Ach so, Esther, natürlich«, sagte Peter und schlug sich gegen die Stirn, »ich hab deine Milch heimlich durch Mayas ersetzt und sie daher auch gleich zu uns gebracht, damit ich ihre Milch nicht mehr heimlich kaufen muss. Peter ist auch ein seltener Name. Oder, Maya?«

»Nicht unbedingt«, sagte ich.

Esther erstarrte. Sie schloss die Augen und atmete tief durch, ehe sie sich langsam auf ihren Stuhl setzte. Eine Weile starrte sie geradeaus.

»Entschuldige, Maya, ich bin so abgespannt und empfindlich, weil er nicht trinkt und –«

Ich nickte.

»Peter ist also nicht Peter?«

»Peter ist nicht Peter«, sagte ich. Ich meinte es ehrlich. Ich war fassungslos.

»Verzeih mir.«

»Nichts zu verzeihen«, sagte ich.

Aber warum, fragte Esther nach einer Weile, habe Benjamin dann »Mia« geschrien? Er kenne sie. Natürlich kenne er sie, sagte Peter, aus dem Park, vom Spielplatz, aus der Sandkiste. Ich sei früher auch fast jeden Tag dort gewesen. Warum er ihr dann nichts von mir erzählt habe? Weil Maya noch nicht Maya gewesen sei. Weil er viele Mütter und Väter und deren Kinder kennengelernt habe, von denen er ihr auch nichts erzählt habe – weil sie fast ausschließlich über Benjamin redeten. Esther fragte mich, wie lange ich im *Haus des flüssigen Goldes* gewesen sei. Sie wollte das Thema wechseln. Ich sah, wie sehr Peter sich bemühte, nicht erleichtert zu wirken.

»Von Beginn an«, sagte ich.

»Hört«, sagte Esther, »da.«

Kara war aufgestanden.

»Wir sind nicht zum Diskutieren gekommen«, sagte sie. »Wir geben allen zehn Minuten zur Sammlung. Wir werden niemandem ein Haar krümmen. Aber wir holen den Kindern die Milch.«

25

Auf meinem Sperrbildschirm flackerte Madame Gazelles Profilbild auf. Eingehender Videoanruf.

»Madame Gazelle!«, rief Peter. Seine Stimme überschlug sich.

Ich war unfassbar wütend auf ihn. Aber ich durfte meine Wut nicht zeigen. Ich saß da, in einem fremden Haus, neben einer sympathischen Frau, die von ihrem Mann angelogen, betrogen worden war – mit mir, mit meiner Milch, und jetzt –

»Geh ran«, raunte Esther, »geh ran.«

»Geh schon ran«, sagte Peter, »Maya!«

Ich atmete tief durch, drückte auf Annehmen und lehnte mein Telefon an Peters Laptop.

Und da war sie, Madame Gazelle, schön und strahlend, die Haare in einem Knoten zusammengebunden, die Haut makellos, perfekt geschminkt, der Stern unter den Sternen, vielleicht die bekannteste Frau der Welt, vor allem unter Frauen, vor allem unter jungen Frauen, gefeiert und beneidet, auf Schritt und Tritt verfolgt, auf Schritt und Tritt ihr Leben ausstellend, ihre eigene glänzende Marke, *MG* in Gold, steinreich und einflussreich wie keine. Da war sie, Madame Gazelle, nicht auf einem Foto, nicht unter Palmen, nicht am Pool, nicht inmitten der Reichen und Berühmten, sondern hier – auf meinem kleinen Bildschirm.

»Ich zeichne das nicht auf, keine Sorge«, sagte sie. »Hallo, Maya.«

»Hallo«, sagte ich.
»Bist du in Sicherheit?«
»Ja – bei Freunden.«
»Wunderbar, Maya, ich bewundere dich. Du hast mich wahnsinnig inspiriert.«
»Danke.«
Sie danke mir, sagte Madame Gazelle. Sie habe auch gar nicht viel Zeit – sie lachte –, *Haus des flüssigen Goldes* und so, sie wolle mich nur sehen und mir zurufen, wie wahnsinnig gern sie mich kennenlernen würde. Mia und ich seien herzlich willkommen bei ihr, jederzeit, ihr Haus sei groß genug, sie lachte, »Benjamin«, rief Mia im Hintergrund, »Tiger pielen!«, sie schicke ihren Helikopter, sagte Madame Gazelle, wir könnten bleiben, so lange wir wollten, auch Tigerpielen, so viel wir wollten, bei ihr seien wir abgeschirmt wie nirgendwo sonst. Ich sei eine wahre Heldin, und sie sage das nicht leichtfertig. Ich solle über ihr Angebot nachdenken, sie melde sich wieder.
»Pass auf dich auf, Maya, ich umarme dich. Und grüße deine Freunde, ich danke ihnen.«
»Danke«, sagte ich. »Danke.«
»Ciaociao.«
Madame Gazelle blies mir einen Kuss zu. Dann war der Anruf beendet.
»Das ist jetzt alles nicht geschehen«, sagte Esther.
»Doch«, rief Peter und hielt sein Telefon triumphierend in die Höhe, »und ob, ich pack's nicht. Haben wir Kindersekt?«
Am liebsten hätte ich nach ihm getreten. Ich wusste nicht, ob ich auf ihn oder auf Clarissa wütender war. Esther beugte sich zu mir und umarmte

mich. Ich hätte schreien können. Dann ging Esther zu Peter und küsste ihn von hinten auf den Kopf. Sie griff ihm zwischen die Schulterblätter, um ihn zu massieren. Peter schrie vor Schmerz auf.

»Wie unbedacht von mir«, sagte Esther und grinste. »Ich mache uns jetzt allen Limonade.«

Sie ging in die Küche, Peter lehnte sich zurück.

»Bring mich nie wieder in eine solche Situation«, sagte ich.

Dann ging ich zu Mia und Benjamin. Sie waren damit beschäftigt, einander mit gekünsteltem Lachen zu übertrumpfen, aus dem echtes wurde.

26

»Wir weichen der Gewalt«, sagte Clarissa und schloss kurz die Augen. »Sie sehen, wer diese Menschen sind. Robin Hoods sehen anders aus. Was mit ihnen geschieht, überlassen wir dem Rechtsstaat. Wir weichen der Gewalt, wir weichen den Dieben. Für heute.«

Die Kamera schritt die Reihe der Goldenen ab, wir saßen mit Limonade vor Peters Laptop. Ein Gesicht nach dem nächsten wurde eingeblendet. Das waren die Opfer, das waren die Bestohlenen. Die Goldenen blickten ernst und müde in die Kamera, manche grimmig, vor allem Mariella war anzusehen, dass sie mit Clarissas Entscheidung alles andere als einverstanden war. Renata sah mitgenommen aus.

Sie standen im Verkaufsraum. Clarissa hatte verloren. Sie hatte die Kraft des besseren Arguments überschätzt. Sie hatte ihre Kraft überschätzt. Jetzt mussten sie den Eindringlingen nachgeben, schon allein ihrer Überzahl wegen. Sie hatte diese Menschen unterschätzt, indem sie ihnen Namen gegeben hatte, die sie vor ihr und vor uns verkleinern und lächerlich machen sollten. Diese Chaoten, diese Weltverbesserer, diese emotionalen Taliban, die bald brave Bürger und vielleicht sogar Kunden unseres Hauses wären, dieser Mob und diese Meute, die Aufgeregten, wie ich sie genannt hatte, sagten einfach: *Wir sind mehr, wir sind stärker, wir nehmen uns, was andere brauchen.*

Clarissa wusste, wer ihr das eingebrockt hatte. Ich war für sie gestorben.

Der Livestream des Hauses zeigte ununterbrochen die Gesichter der Goldenen. Für Esther waren alle diese Frauen nichts als Clarissas Opfer. Ich hätte zu jeder eine Geschichte erzählen können. Peter zeigte uns ein Bild von Klapptischen, mit denen ein Stand aufgebaut worden war. Die Aktivisten davor sahen freudig erregt aus. *Humanmilch ist keine Ware* stand auf dem Transparent, das vom Tisch hing. Dort sollte unsere Milch verteilt werden. Ihre Milch.

»Noch zwei Minuten«, sagte Peter. Anders als seine Frau schien er sich nicht zu freuen, dass die Milch bald im Freien verteilt werden sollte.

Mein Telefon vibrierte. Madame Gazelle hatte das *Haus des flüssigen Goldes*, seine Gegner und mich markiert. Peter öffnete Madame Gazelles Profil. Ein Countdown lief. Noch zehn Sekunden.

»Sie ist ein Genie!«, rief Peter, als das Video gestartet wurde und Madame Gazelle in einem hellblauen Trainingsanzug und gelben Turnschuhen auf dem Bildschirm erschien. Sie saß in einem goldenen Ledersofa auf einer Terrasse, Kim, ihre dritte, vor ein paar Monaten unter großem Trara geborene Tochter auf dem Arm, hinter ihr stand ein üppig blühender Oleander vor einem endlos scheinenden Pool, dessen Wasser glatt und ruhig dalag. Sie strahlte und lächelte, wie nur Siegerinnen strahlen und lächeln. Sie stand auf, die Kamera zoomte aus dem Bild, Madame Gazelle drehte sich um – auf die Rückseite ihres hellblauen Trainingsanzugs waren eine gelbe 7 und darunter *MAYA* gesprüht. Sie setzte sich wieder, die Kamera näherte sich ihrem Gesicht.

Wir alle, sagte Madame Gazelle – und ich konnte meinen Blick nicht von ihrer kleinen Tochter nehmen, die seelenruhig blieb, während ihre Mutter in eine Kamera sprach –, hätten heute einen seltenen, wunderbaren Akt der Liebe, Selbstlosigkeit und Fürsorge erlebt. Sie danke mir, die sie inspiriert habe, weil ich meinem Gewissen gefolgt sei und damit etwas tief in Madame Gazelle berührt hätte, wobei sie ihrer Tochter mit ihren grazilen Fingern über den Kopf strich. Sie habe geweint, als sie mich ein fremdes Baby habe stillen sehen. Sie finde es verwerflich, dass ich dafür gefeuert worden sei. Aber, sagte Madame Gazelle, aber – sosehr sie die Anliegen der Protestierenden verstehe, sosehr sie deren Beweggründe nachvollziehen könne, habe sie nicht das geringste Verständnis dafür, dass die Frauen und deren Kinder im *Haus des flüssigen Goldes* bestohlen werden sollten.

»Maya hat recht«, sagte Peter, »Clarissa gewinnt.«

Madame Gazelle blickte direkt in die Kamera. Sie strahlte noch immer. Sie forderte Kara auf, unverzüglich mit ihren Leuten das Haus zu verlassen und die Milch unangetastet zu lassen. Gut gemeint, sagte sie, und sie wisse, wovon sie spreche, sei oft das Gegenteil von gut.

»Endstation für die emotionalen Taliban«, sagte Peter.

»Widerwärtiger Vergleich«, sagte Esther.

Heute, sagte Madame Gazelle, sei sie eine Vermittlerin. Sie habe erfahren, dass die Regale in vier, spätestens fünf Tagen wieder gut mit Babymilchpulver bestückt wären. Bis dahin gelte es, gemeinsam alle Kräfte zu bündeln. Gemeinsam sei beiden Seiten, den Kleinsten beim Wachstum helfen zu wollen. Gemeinsam könnten alle die nächsten Tage bewältigen, um das Schlimmste, um tote Babys zu verhindern.

Madame Gazelle schien von ihren eigenen Worten gerührt.

Das Haus solle weitermachen wie bisher, gleichzeitig fordere sie jetzt alle Frauen mit zu viel Milch auf, bis zum Ende der Krise zusammenzuarbeiten und – *Mayas* zu werden. Esther legte kurz ihre Hand auf meinen Oberschenkel. Daher bitte sie Clarissa, vor deren Unternehmertum sie den größten Respekt habe, jene Frauen, die helfen wollten, für diese paar Tage im *Haus des flüssigen Goldes* aufzunehmen. Für Unkosten und zusätzliche Ausrüstung komme selbstverständlich sie auf. Sollte es nicht genug für alle geben, werde die Milch der *Mayas* unter jenen, die sie brauchten, verlost. Um die genauen Bedingungen kümmere sich ihr Team.

Madame Gazelle nahm Kim, küsste sie auf die Wangen und legte sie auf eine purpurne Decke neben ihrem Sofa. Dann breitete sie im Stehen die Arme aus und fing ein Fläschchen, das ihr aus dem Off zugeworfen wurde. Mit beiden Händen streckte sie es von sich. Auf dem Fläschchen stand in goldenen Lettern *MG*.

»Dafür habe ich gepumpt. Ich versteigere dieses Fläschchen mit Milch von Madame Gazelle. Die Auktion startet bei einer Million. Kara, Clarissa, ihr Lieben da draußen, wo immer ihr seid, wir schaffen das. Gemeinsam. In Mayas Namen.«

Sie blies einen Kuss in die Kamera, das Bild färbte sich von den Rändern her golden ein, dann war die Übertragung vorbei.

27

Ich ging nicht mehr wie eine Verrückte auf und ab. Kleine Schritte, die langsamsten Schritte, die man machen konnte, um von A nach B zu gelangen. Ich sollte das einmal versuchen, hatte Clarissa gemeint, eine Übung aus irgendeiner Spezialform von Yoga. Ich hatte bei der Tür des Gästezimmers begonnen und näherte mich dem Bett, das zwei, drei normale Schritte entfernt war. Erstaunlich, wie langsam man gehen konnte.

Ich machte diese Schritte in Peters und Esthers Gästezimmer. Ich war gefangen. Am liebsten wäre ich nach Hause gefahren, aber ich hätte meine Wohnung nicht wieder verlassen können, wenn ich überhaupt hineingekommen wäre. Esther kümmerte sich um Benjamin und Mia, Peter hatte sich zum Arbeiten zurückgezogen. Das Gästezimmer war angenehm, groß genug für Mia und mich. Bevor ich zu Madame Gazelle fliege, dachte ich und lachte. Ich lachte zum ersten Mal seit dem Drohnenfeuerwerk auf dem Dach. Ich lachte aber nur kurz.

Ich machte kleinste Schritte und hatte keine Ahnung, wie es weitergehen sollte. Kurz hatte ich mein Profil geöffnet, nur um es sofort wieder zu schließen: 5,4 Millionen Follower. Ich war überfordert. Überfordert war ein Hilfsausdruck. Hilfsausdruck war ein Hilfsausdruck. Ich musste zur Ruhe kommen, die kleinsten Schritte halfen, ich hatte die Mitte des Bettes erreicht. Die Luft an den Nasenlöchern spüren, hatte Clarissa gesagt, fühlen, wie sie die Nasenlöcher kitzle. Und dann ganz langsam durch den Mund ausatmen. Ich spürte die Luft nicht an den Nasenlöchern, auch nicht in den Nasenlöchern; sie kitzelte nicht. Ich war fürs Vogelfangen nicht geeignet. Ich wusste nur, dass mein Leben nicht mehr dasselbe war wie heute Morgen.

Mein Telefon hatte ich auf Flugmodus gestellt. Ich hatte Angst vor ihm. Ich wollte, ich musste unerreichbar sein. Meiner Mutter und meiner besten Freundin Wanda hatte ich geschrieben, ich sei in Sicherheit und würde mich bald melden. Natürlich hätte mich niemand hier vermutet. Ich wollte nur nicht hier sein. Es fiel mir schwer, Esther in die Augen zu sehen. Vorhin, im Garten, als ich Benjamin an mich gedrückt hatte, weil er gestolpert war und geweint hatte, war Esther dazugekommen und hatte mich äußerst merkwürdig angeblickt. Als hätte sie mich bei etwas ertappt. Vielleicht war das auch nur mein schlechtes Gewissen, vielleicht schon Paranoia. Peter hatte uns beide hinters Licht geführt. Ich verabscheute diese Dunkelheit. Ich wollte nicht an die Situation in dieser Wohnung denken.

Da waren zwei Nachtkästchen, das Bett weiß überzogen, eine kleine blaue Couch an der Wand, ein großes Foto von einem Regenwald über dem Kopfende des Bettes – darauf wollte ich mich konzentrieren. Die kleinen Schritte wirkten, ein wenig. Ich konnte sogar noch ein klein wenig langsamer gehen, ohne stehenzubleiben. Es ging darum, den längsten Weg durch dieses Zimmer zu finden. Ich war kurz vorm oberen Bettende, das zwei normale Schritte von der Fenstertür entfernt war, als ich bemerkte, dass meine Brüste spannten.

Ich hatte es nicht einmal bis zum Fenster geschafft. Ich konnte mich nicht erinnern, wann ich zum letzten Mal so lange nicht gepumpt hatte. Ich musste Minuten unterwegs gewesen sein. Ich war über die Yogamatte gegangen, auf der ich vorher vergeblich Ruhe hatte finden wollen, ich hatte mich langsamst an dem kleinen blauen Sofa vorbeibewegt, auf dem ich vorher ein paar Minuten mit geschlossenen Augen gesessen war, nur um zu bemerken, dass ich Angst davor hatte, zu kollabieren. Es pochte gegen meine Stirn, von innen, ganz oben, gleich unter dem Haaransatz. Ich fragte mich, ob wir in einem Krankenhaus besser aufgehoben wären als hier. Jemand hätte sich bestimmt bemüßigt gefühlt, der Welt mitzuteilen, dass Maya hier, also irgendwo dort sei, wo ich also auch nicht hinkonnte.

Ich öffnete die Fenstertür und zog die Vorhänge weit auf. Ich blickte in den kleinen Garten, als ich mich aufs Bett setzte und die Pumpe aus der Tasche nahm. Ich hatte drei Fläschchen, keine Päckchen zum Befüllen, die waren alle in dem Zimmer, das ich nie wieder betreten würde.

Ich atmete mit der Pumpe, gleichmäßig und leise. Ihr Geräusch beruhigte mich. Ich stimmte in die Große Symphonie der Säugetiere ein.

Es klopfte.

Peter fragte, ob er reinkommen dürfe. In einer halben Stunde, sagte ich, wenn es sein müsse. Es müsse sein, sagte er.

»In einer halben Stunde«, wiederholte ich, »ich pumpe.«

Ich pumpe. Das war meine Arbeit gewesen, gleichzeitig die einzig akzeptierte Aussage, um allein sein zu können. War es offensichtlich immer noch - Nein. Ich musste einen Plan machen. Die Situation analysieren, hätte Clarissa gesagt, alle Optionen durchdenken, nicht die beste, *die überraschendste* wählen. Früher hatte ich zur Beruhigung gern gekifft. Früher war, wie fast alles, vor der Schwangerschaft, vor Mia. Ich konnte nicht - ich konnte sehr wohl kiffen. Ich pumpte für Mia, niemand analysierte mehr meine Milch, einen Tag später wären die Rückstände verschwunden. Ich pumpte nicht mehr für andere. Einen Entschluss fassen, ja, Clarissa.

Ich fasste den Entschluss, bis zum dritten vollen Fläschchen über Madame Gazelles Angebot nachzudenken.

28

Als es wieder klopfte, lag ich im Bett. Nach dem zweiten Fläschchen hatte ich bemerkt, dass meine Brüste nicht mehr spannten. Ich musste kein drittes abpumpen. Ich hatte auch Madame Gazelles Angebot nicht wirklich durchdacht. Ich hatte darüber nachgedacht, wie absurd es war, dass Madame Gazelle Mia und mich zu sich eingeladen hatte.

»Komm rein«, sagte ich.

Peter öffnete die Tür und schloss sie schnell hinter sich.

»Darf ich?«, sagte er und nickte in Richtung Sofa.

»Dein Haus«, sagte ich.

Peter setzte sich, ich richtete mich auf, den Rücken an die Kissen gelehnt, die Beine ausgestreckt. Peter entdeckte die Fläschchen auf dem Nachtkästchen. Er sah gleich wieder weg.

»Du hast mich belogen«, sagte ich.

»Ich hab dir nicht die ganze Wahrheit gesagt.«

»Was ist die ganze Wahrheit?«

Peter beugte sich nach vorn und stützte die Unterarme auf den Oberschenkeln ab.

»Ich hatte Angst, dass sich Esthers –«

Er stockte. Ich hatte keine Nerven dafür. Was musste er ständig überlegen und abwägen und hin- und herwälzen.

»Dass sich ihr Kränkeln und ihre Schwäche durch die Milch auf Benjamin übertragen.«

Ich lachte hellauf. So einen Schwachsinn hatte ich noch nie gehört. So einen Schwachsinn konnte nur ein Mann sagen.

Er wisse, dass es seltsam –

»Vertrottelt.«

Seinetwegen vertrottelt klinge, aber er habe diesen Gedanken nicht mehr aus dem Kopf bekommen. Und es sei ja so, dass Benjamin nur mehr meine Milch trinke. Hätte er meine nie getrunken, entgegnete ich, würde er Esthers Milch trinken. Er verkniff sich einen Einspruch.

»Tut mir leid, dass du meinetwegen lügen musstest.«

»Ich habe nicht gelogen.«

Peter sah mich verständnislos an. Ich blickte ihm in die Augen. Er wich nicht aus; er dachte nach. Allmählich schien es ihm zu dämmern.

Dann werde er mir zeigen, sagte er, als wäre jedes Wort ein eigener Satz, wer Peter wirklich sei. Was ich mit dem Luxusschlitten machen wolle? Ich hatte keine Ahnung, wovon er redete. Ich musste blinzeln, die Sonne schien mir ins Gesicht, ein Vogel zwitscherte. In meiner Wohnung hörte man nur Autos und Busse und Lastwagen. Ob ich nicht verfolgte, was mit mir geschehe? Ich schüttelte den Kopf. Insomniac, sagte er, schenke mir einen Rolls-Royce Cullinan Black Badge.

»Ich schwöre bei allem, was mir heilig ist«, sagte Peter und versuchte etwas kläglich, Isomniac zu imitieren, »dass ich dir, Maya, du unglaubliche Heldin, einen nigelnagelneuen Rolls-Royce Cullinan Black Badge schenke. Bei allem Respekt, aber mit deiner alten Schüssel kannst du nicht fahren.«

Ich setzte mich auf. Ich liebte Insomniacs Musik. Ich verehrte ihn. Er war einer der größten Rapper aller Zeiten, kein lächerlicher Macho und selbsternannter Straßenkrieger wie die meisten seiner Kollegen. Er kiffte öffentlich, er durfte alles tun, er war unantastbar. Ich hatte alle seine Alben auf meinem Mobiltelefon, sie beim Trainieren mit Clarissa gehört, wenn ich die Musik auswählte.

»Kostet eine halbe Million.«

»Ich pack das alles nicht, Peter.«

Und mit alles meinte ich: ihn, Clarissa, Madame Gazelle, meinen Ruhm, den kleinen dünnen Buben, der jetzt wahrscheinlich wieder nach Milch schrie.

»Dafür bin ich da. Lass mich dein Berater sein.«

Ich wusste nicht, was ich sagen sollte. Ich wusste nicht, was alle von mir wollten. Ich sagte es ihm.

Dann sollten wir damit beginnen, meinte Peter. Mit diesem einen Satz: *Ich weiß nicht, was ich sagen soll.* Hier, in diesem Bett. Unverstellt und ungeschminkt. So könnten wir Zeit gewinnen. Das, sagte Peter, sei dann aber wie ein Doppelpunkt in einem Text, ein weit aufgesperrter Mund: Danach müsse etwas Starkes kommen. Er helfe mir, meine Marke zu kreieren.

»Ich will keine Marke sein. Ich will ich sein.«

»Und wer ist das?«

29

Während ich Mia ein Buch zum Einschlafen vorlas, das wie alle diese Bücher damit endete, dass das Kind oder das Tier, um das es ging, einschlief, saß Peter in seinem Schreibzimmer am Laptop und analysierte mein Profil.

Es war atemberaubend. Und er mittendrin. Der reinste Irrwitz. Es ging drunter und drüber, dergleichen hatte er noch nie gesehen. Markierungen, Erwähnungen, Nachrichten, die kein Mensch bewältigen konnte. Er hätte ein ganzes Team gebraucht, allein um die Nachrichten in Ruhe durchzusehen. Hatte er aber nicht. Allerdings meinte er schnell ein gutes Gefühl dafür entwickelt zu haben, was wirklich wichtig war.

Dankbarkeit und Lob war das eine. Menschen von überallher beglückwünschten mich mit virtuellen Herzen, Rosen, Regenbögen, gefalteten Händen und Küsschen. Missgunst und Ablehnung war das andere. Menschen taten kund, wie sensations- und ruhmgeil ich sei, ein Fähnchen, das sich mit dem Wind drehe. Bei Einladungen, Flirts und dem Wunsch, mich kennenzulernen, unterschied Peter zwischen denen, die eine Idee hatten, und denen, die mich ausführen, heiraten und mir ein gutes Leben in alle Ewigkeit bieten wollten. Perverse und Anzüglichkeiten blockierte er.

Bei den Ideen wiederum waren Wohltätigkeit und Geschäft zu unterscheiden, wobei das eine nicht immer so einfach vom anderen zu trennen war. Die Wohltätigen wollten meine Milch versteigern oder verlosen, um damit Gutes zu tun oder Hungrige zu nähren, solange die Krise andauerte. Die Geschäftsideen waren mitunter äußerst ausgefeilt, von meinem eigenen Haus über Kooperativen, deren Gesicht ich sein sollte, bis hin zur Exklusivvermarktung meiner Milch. Eine eigene Gruppe waren die Bittsteller, die mich um Milch für ihre Kinder anflehten, die Fotos und Videos schickten und an jene Maya appellierten, die sich vor dem *Haus des flüssigen Goldes* eines hilflosen Wesens angenommen hatte. Manche boten Geld, manche boten sehr viel Geld, viele strichen ihre Bedürftigkeit heraus.

Meine Milch, soviel stand fest, war bis vor wenigen Stunden hochpreisig gewesen. Jetzt war sie unbezahlbar. Besser gesagt: Sie hatte keinen Preis mehr. Sie war Kunst geworden. Und Peter meinte für einen Moment, die lukrativste Geschäftsidee überhaupt gefunden zu haben: die Muttermilch extrem berühmter Frauen für Unsummen diskret an reiche Spinner zu verkaufen.

Die Flut an Interviewanfragen hatte Peter gefiltert und in eine Reihenfolge zu bringen versucht. Alle wollten mit mir reden, er wollte mich von den großen Vorteilen eines Exklusivinterviews überzeugen. Auch für ihn – aber das sagte er nicht. Er würde es mit mir führen, wir würden vorher die Fragen besprechen, so könnte ich die Geschichte kontrollieren. Und ein Exklusivinterview für ein Qualitätsmedium – jenes, in dem seine Reportage über das Haus erschienen war – gäbe schon mal die richtige Richtung vor. Dennoch müssten wir uns auf eine Strategie für mein Profil verständigen; schon jetzt hätten wir unzählige Anfragen von Firmen, die ihre Produkte an oder neben mir sehen wollten. Er hatte die interessantesten Angebote notiert – von denen, die er hatte lesen können.

Aber Peter brauchte noch ein Bild, um mir meine Situation zu erläutern: Für ihn saß ich immer noch mit angezogener Handbremse in meinem klapprigen roten Toyota, während ich in Wirklichkeit längst in Insomniacs Luxusschlitten saß.

30

»Verschone uns mit deiner Küchenpsychologie«, sagte Esther. Ich lachte. »Garagenpsychologie«, sagte er. Ob ich sähe, was er meinte? Ich sah, was er meinte. Wir saßen an dem großen Tisch im Wohnzimmer, Benjamin hatte mit Mia gegessen, ein bisschen Avocado, ein halbes weiches Ei. Esther hatte es Peter freudestrahlend berichtet.

Peters erster Punkt: Sehr viele Männer, Frauen auch, wollten mich kennenlernen, zum Essen einladen, Heiratsangebote ohne Ende. Das war sehr schmeichelhaft und auch ein wenig schmerzhaft; seit der Schwangerschaft hatte ich weder Zeit noch Gelegenheit gehabt, jemanden kennenzulernen. In diesem Fall lehnte ich dankend ab. Ob er antworten solle? Ich schüttelte den Kopf. Ob ich mein Gesicht für Werbekampagnen hergeben wolle? Viele Anfragen hätten mit Milch und Stillen zu tun, insgesamt reiche die Bandbreite von Frauenrechten im Globalen Süden bis zur Rettung der Eisbären. Ich blickte Esther fragend an; sie zog die Schultern hoch. Ich sagte, er solle mir eine Liste machen. Er schlug vor, *eine* Kampagne auszuwählen. Und in ein paar Monaten vielleicht eine zweite. Er habe einen Favoriten.

Peter lachte. Esther fragte, ob wir mitlachen dürften.

Eine Gruppe von Frauen, sagte Peter, empfinde es als ihre ethische Pflicht, die Neandertaler wieder auf die Welt zu bringen. Durch Klonen; sei möglich. Sie hätten sich bereit erklärt, die Föten auszutragen, weil der Homo sapiens den Homo neanderthalensis ausgerottet, zumindest verdrängt habe. Sei gut möglich, sogar wahrscheinlich, aber umstritten. Es gehe um die Vielfalt der Homini, von denen einmal fünf verschiedene Arten gleichzeitig die Welt bevölkert hätten. Stimme, sei aber schon ein Weilchen her. Den Frauen gehe es um Wiedergutmachung. Und dabei hätten sie an mich gedacht.

Ob das sein Ernst sei, fragte Esther erschrocken. Das Mammut, antwortete Peter, solle ja auch geklont und wieder auf die Welt gebracht werden.

»Und wer soll die Babys stillen?«, fragte ich und fragte mich sogleich, ob menschliche Milch diesen Wesen überhaupt bekomme, und ob man für sie nicht eine eigene Milch produzieren müsste.

Gute Frage, sagte Peter. Jedenfalls wären sie die ersten Wesen ohne Väter, eigentlich auch ohne Mütter, weil aus einer anderen Spezies, und welche Sprache –

»Können wir das bitte lassen«, sagte Esther, »das ist gruselig.«

»Brächte aber sehr viel Aufmerksamkeit«, sagte Peter.

Davon hatte ich fürs Erste genug.

Nächster Punkt: Milch verkaufen. Die gebotenen Preise seien astronomisch.

Ich wusste es nicht. Ich wusste gar nichts in diesem Moment.

31

»Wer kämpft, kann verlieren«, sagte Kara, »wer nicht kämpft, hat schon verloren.«

Sie wirkte müde und abgeschlagen, hinter ihr war eine geballte rot-schwarze Faust auf die Wand gemalt. Ihr Blick hatte etwas Eindringliches, ihre Augen waren gerötet. Ich lag mit meinem Mobiltelefon auf der Wohnzimmercouch und sah mir Karas Appell an. Die Aktivisten waren nach und nach abgezogen, die ersten Frauen, die Madame Gazelles Aufruf gefolgt waren und *Mayas* genannt wurden, pumpten bereits im Haus, nachdem ihre Milch analysiert und für gut befunden worden war. Die Bezeichnung war mir unangenehm.

»Ihr hört alle die falsche Seite«, sagte Kara, »ihr bekommt alles aus der falschen Perspektive präsentiert – aus jener der Macht, der Herrschaft und des Geldes. Aber tief drin wisst ihr, dass wir recht haben. Ihr spürt es. Das *Haus des flüssigen Goldes* ist nur ein winziges, absurdes Symbol für diese Welt, die vergeht. Habt keine Angst, wechselt die Seite, baut Häuser und Gemeinschaften der gegenseitigen Hilfe. Hört auf, Waren zu sein!«

In der Wohnung war es still. Mia schlief im Gästebett; sie war noch vor dem kleinen Siebenschläfer eingeschlafen. Sie war eine kleine Nomadin; wo sie ihr Köpfchen hinlegte, war Zuhause.

Esther hatte länger gebraucht, um Benjamin in den Schlaf zu bekommen, er hatte geschrien und protestiert und nach Mia gerufen. Das gehe ja schon früh los, hatte Peter gesagt und gepfiffen, ich hatte es peinlich gefunden. Aber es war schön, dass Mia Benjamin so gernhatte, vor allem jetzt, wo sie ihre Freundinnen aus dem Haus nicht mehr sehen würde. Peter hatte sich zum Arbeiten in sein Zimmer zurückgezogen, er arbeitete für mich und für sich, so klar war das nicht mehr zu unterscheiden, und zum ersten Mal seit meinem ausgestreckten Mittelfinger fühlte ich etwas wie Ruhe.

Es war eine aufwühlende Ruhe. Und es war sinnlos, die Unbeteiligte spielen zu wollen. Kara hatte recht, und Clarissa hatte recht, und Madame Gazelle hatte ebenfalls recht. Sie hatte den Knoten gelöst, beide Seiten ihr Gesicht wahren lassen. Ich konnte mir lebhaft vorstellen, wie wütend Clarissa trotzdem war. In einer Welt, die es nicht gibt, hörte ich sie sagen, hat Kara recht. Aber es gab diese Welt. Kara lebte in ihr. Ich kannte niemanden wie Kara. Sie kämpfte für ihre Überzeugungen. Aber das tat Clarissa auch, die in ihrer Welt recht hatte, in der, die Kara zufolge am Vergehen war. Und Mariella wollte Geld verdienen, um in dieser Welt überleben zu können und gesehen zu werden. Alles, was über mich gesagt wurde, stimmte. Ich hatte geholfen, ich hatte Druck aus der Situation nehmen wollen, und ich war dadurch berühmt geworden. Ich hatte den Goldenen und ihren Kindern wieder Ruhe verschaffen, ich hatte Clarissa gegenüber meinen Mittelfinger und seine negative Anziehungskraft gutmachen wollen, und ich hatte mich gnadenlos in den Mittelpunkt gestellt. Das alles stimmte. Ich wusste bloß nicht, was davon ich gewollt hatte.

Vielleicht berühmt werden. Ich hatte eine berühmte Basketballerin werden wollen, bevor mir das Leben dazwischengekommen war. Also hatte ich vielleicht all das nur für mich und Mia getan. Ich hatte nichts außer Mia. Manchmal stellte ich mir vor, bei einem Unfall ums Leben zu kommen – würde sie sich an mich erinnern? Wahrscheinlich nicht. Man würde ihr eines Tages ein Foto zeigen, auf dem eine Frau in einem hellblauen Trainingsanzug ein Kleinkind auf dem Arm trägt. Das war deine Mama, würde man Mia sagen. Sie würde vielleicht nicken, vielleicht Ja sagen. Aber sich erinnern?

Ich hatte meinen Namen in die Suchmaschine eingegeben. Früher hatte es einen Eintrag gegeben, meine Seite auf der Seite des Hauses. Jetzt war das Netz voll davon, mit Bildern, Videos, Nachrichten, Artikeln, Spekulationen. In den sozialen Medien schienen alle eine Meinung zu mir haben zu müssen. Hätte mich Clarissa nicht gefeuert, hätte ich niemals diesen Zuspruch erfahren. Ich war das Gespräch des Tages.

Als ich den Briefkasten meines Profils öffnete, war ich froh, Peter zu meinem Helfer gemacht zu haben, auch wenn es beinahe beängstigend war, wie wohl er sich in dieser Rolle fühlte. Ein Nachrichtenvulkanausbruch. Hinter jeder Nachricht steckte ein Mensch oder eine Organisation, der oder die auf mich reagiert hatte. Herzen, ausgestreckte Daumen, Kinderfotos mit der Bitte um Milch, lange Texte, die ich in diesem Moment nicht und die ich auch später nur stichprobenhaft lesen konnte. Die gehässigen Kommentare unter meinen

Fotos waren weit nach unten gerutscht. Eine neue Nachricht ging ein. Dario. Blauer Haken, offizielles Profil.

Liebe Maya, bist du online? Ich würde gern etwas mit dir besprechen. Wie kann ich dich am besten erreichen? Alles Liebe, Dario

Ich rief das Profil auf. Dario war der berühmteste Fußballer der Welt. Unter Dario stand sein voller Name, Dario Madabo, aber Dario genügte, weil bei Dario alle an Dario Madabo dachten. Er hatte 597 Millionen Follower. Ich sah noch einmal hin. Ich hatte mich nicht verlesen.

Bist du's wirklich?

Ich fühlte mich wohl in dem geräumigen Wohnzimmer. Was für eine schöne Wohnung Peter und Esther hatten. Viel Luft zum Atmen, viel Platz für Benjamin. Ich hatte immer in kleinen Wohnungen gelebt, in denen es im Winter zu kalt und im Sommer zu heiß war. In denen immer etwas nicht funktionierte, wofür niemand jemals zuständig sein wollte.

Niemand kann mein Profil kapern.

Darunter: ein Tränen lachendes Gesicht.

Und dann ein Foto.

Ich klickte es an. Dario lag auf einer Sonnenliege und hielt seine Armbanduhr neben das Gesicht. Die Minuten stimmten, die Uhrzeit war eine andere. Das Foto konnte ich kein zweites Mal öffnen. Es erinnerte mich an die Zaubertinte, die ich als Mädchen einmal bei der Geburtstagsfeier einer Freundin geschenkt bekommen hatte. Für mich war nie eine Geburtstagsfeier ausgerichtet worden. Kein Platz, kein Geld. Mia sollte ihre Geburtstage mit ihren Freundinnen und Freunden feiern können. Jedes Jahr.

Ich interessierte mich nicht für Fußball. Ich wusste nur, dass meine Freundinnen, die sich auch nicht für Fußball interessierten, von Dario schwärmten. Er sah unverschämt gut aus, und er wusste es.

Musst du nicht immer trainieren?

Ich muss nicht immer bei den Kindern sein.

Er hatte vier oder fünf Kinder, vielleicht auch sechs. Auf jeden Fall viele. Das wusste sogar ich.

Ich beobachte den Großen gerade beim Schwimmen. Ist schon fast schneller als ich. Wann darf ich dich anrufen?

Das stand jetzt da. Es war kurz vor Mitternacht.

Jetzt.

32

Die geraden weißen Zähne waren sehr weiß. Dario lächelte; fast lachte er. Große, offene, wache blaue Augen. Die hellblonden Augenbrauen, wahrscheinlich gefärbt, in grellem Kontrast zu seinem gebräunten Gesicht. Eine große, gerade Nase, ein langer, starker Hals. Auch wenn ich seinen Oberkörper nicht sah, wusste ich, wie er aussah. Wenn er jubelte, wenn unter den Jubelfotos und dem nackten Oberkörper stand, er sei schon 36, aber noch immer fitter als jeder junge Kicker. Dass er mehr und länger und härter trainiere als alle anderen. Dass er bei einer Pressekonferenz die Werbung eines Videospielherstellers aus dem Bild geschoben hatte, weil er Dario war und sich nicht um einen der Hauptsponsoren der Weltmeisterschaft scherte, weil er meinte, Fußballvideospiele machten aus jungen Kickern Autisten, die nur allein glänzen wollten und nicht verstünden, dass einer allein nichts gewinnen könne. Er hatte seine Sonnenliege aufgerichtet und lächelte mich an.

»Dario«, rief er, »sag, das ist Maya, von der ich dir erzählt habe.«

Er drehte die Kamera um, am Rand eines langen Beckens atmete ein Junge mit Schwimmbrille tief ein und aus. Er mochte elf oder zwölf sein und sah seinem Vater ungemein ähnlich. Er winkte und deutete, keine Luft zum Sprechen zu haben. Neben dem Sportbecken war ein großes Kinderbecken mit Rutschen, mehreren Ebenen und Wasserfontänen.

»Hast du auch so etwas wie Licht?«, fragte Dario.

Als ich auf das kleine Bild im Bild blickte, das mich zeigen sollte, musste ich lachen. Es war dunkelgrau, beinahe schwarz, meine Umrisse waren grünlich zu erkennen. Hinter der Couch stand eine schmale Stehlampe. Ich fand keinen Schalter und folgte dem Kabel. Auf dem Boden war ein Regler, ich schob ihn vorsichtig weiter; es wurde heller.

Ich fragte ihn, ob es nicht seltsam sei, seinem Sohn den eigenen Namen zu geben. Ein bisschen wie Klonen. Dario schien kurz verblüfft. Sei doch ein schöner Name. Sein Vater habe auch Dario geheißen. Und seine anderen Söhne hießen anders. Außerdem habe sein erster Sohn einen zweiten Namen, Flavius. Sollte er einmal nicht mehr wie sein Vater gerufen werden wollen, könne er den nehmen. Sie selbst riefen ihn Flavius, wenn sie streng mit ihm sein müssten.

Dario lachte.

»Lass uns nicht von mir reden. Wie geht's deiner Tochter? Bekommt sie was mit von dem ganzen Irrsinn?«

»Ich denke nicht. Sie schläft wie ein Engel.«

»Halt sie aus dem Ganzen raus, wenn's geht.«

Darauf könne er wetten, sagte ich. Er fragte mich, wie es mir gehe, abgesehen davon, dass er nicht wetten dürfe. Für eine Frau, die von einem Moment auf den nächsten viral gegangen sei, sähe ich erstaunlich entspannt aus. Ich sei so langsam wie möglich durch ein kleines Zimmer gegangen, sagte ich. Er werde es nicht glauben, aber es habe mich beruhigt. Dario lachte wieder. Er lachte wirklich, wischte sich eine Träne aus dem Auge. Das, meinte er, sollte er auch mal probieren. Wo ich gerade sei?

»Versteckt.«
»Das ist gut.«
»Bei Freunden.«
»Bei echten?«
»Ich denke ja.«
»Was heißt: Ich denke ja?«
»Ich kenne sie kaum.«
»Heißen sie zufällig Madame Gazelle?«

Ich drehte meine Kamera um und schwenkte sie kurz durchs Wohnzimmer. Schon gut, sagte er, er sollte nicht so neugierig sein.

»Versteck dich so lange, bis du dich nicht mehr verstecken musst.«

Ich nickte, mehrere Male. Das war mit Abstand das Beste, was mir bislang geraten worden war.

»Hast du schon mal von Neandertalerklonen gehört?«

Dario schüttelte den Kopf, und ich erzählte ihm, was Peter mir und Esther erzählt hatte. Ich musste lachen, wenn Dario die Augen übertrieben weit aufriss, den Mund verzog und den Kopf schüttelte, während ich ausführte, dass Neandertaler offenbar größere Gehirne als Menschen gehabt hätten, aber lactose- und alkoholintolerant gewesen seien – seine Leute, sagte Dario –, und man sich jetzt fragen müsse, wie viele von ihnen man in die Welt setzen wolle und welche Nationalitäten sie hätten und welche Rechte und –

»Unterstütze die«, sagte Dario. »Ich werde das Neandertalerteam trainieren, um eines Tages mit ihm gegen die Weltauswahl der Menschen anzutreten.«

Ich lachte, Dario schloss die Augen.

»Das ist der größte Wahnsinn, den ich je gehört habe. Gott spielen. Entsetzlich.«

Ich hatte schon lange nicht mehr so herzlich gelacht. Nachher fragte ich mich, was das bedeutete, jemanden zu spielen, den es nicht gab. Dann fiel mir ein, dass ich den, den es nicht gab, vor wenigen Stunden angefleht hatte, den Kleinen meine Milch annehmen zu lassen.

33

Ich bemerkte nicht gleich, dass Peter aus seinem Arbeitszimmer gekommen war, weil ich mit geschlossenen Augen auf der Couch lag und Insomniacs letztes Album hörte. Ich wusste nicht, ob ich mich von Darios Angebot geschmeichelt oder beleidigt fühlen sollte. Als ich die Stöpsel aus den Ohren zog, muss ich Peter irritiert angesehen haben. Ja, sagte er, er wohne auch noch hier. Er hatte seine Geschichte über die Belagerung des Hauses zu schreiben begonnen, in den nächsten Tagen wollte er sie mit meinen Erinnerungen ausschmücken. Madame Gazelles Milch war um 3,2 Millionen versteigert worden. Sie hatte nicht gesagt, wer so viel für ein Fläschchen bezahlt hatte. Das Geld stand für die *Mayas* bereit.

Vor dem Schlafengehen hatten Peter und Esther miteinander gesprochen. Sie hatten sich darauf geeinigt, an dem Tag, an dem es wieder Milchpulver gäbe, auf Milchpulver umzusteigen und eine gute Flasche Wein zu trinken. Immerhin war es an der Zeit für echtes Essen. Sonst würde Benjamin von jedem Mädchen niedergerungen.

»Deine Tochter hat am Nachmittag meinen Sohn niedergerungen.«

Peter erzählte von der kleinen Sandkiste im Garten, in der die beiden wegen einer Schaufel aneinandergeraten seien, bis sie die Sandkiste verlassen und sich wild entschlossen voreinander aufgebaut hätten. Mia habe Benjamin nach kurzem Gezerre zu Boden gerungen, worauf sie auf ihn geplumpst sei. Nach einer Weile seien sie einfach aufgestanden und wieder zum Spielen in die Sandkiste gegangen. Die Sache sei geklärt gewesen.

Peter schien beinahe beleidigt, dass ich die Geschichte nicht so lustig fand wie er; ich hatte nicht wirklich hingehört. Es ärgerte mich, dass er bei der Geschichte über die Milchpulverübereinkunft das Wesentliche ausgelassen hatte. Wahrscheinlich hatte er Esther gesagt, sie solle sich nicht länger mit dem Pumpen abplagen, keinem fragwürdigen Mutterideal hinterherhecheln, sie habe ihren Sohn lang genug mit Milch versorgt, auch sie solle wieder ein Gläschen Wein trinken können. Es gebe keinen Stillzwang. Er sei ja auch nicht gestillt worden.

»Ich habe gerade mit Dario Madabo telefoniert«, sagte ich.

»Mit Dario Madabo?«

Peter setzte sich in den Schaukelstuhl neben der Couch. Er erlebte gerade die beste Geschichte, die er jemals schreiben würde. Und musste nichts recherchieren dafür.

»Nimmst du mich auf die Schaufel?«

Er sei nett gewesen, sagte ich, ungemein lustig, wir hätten eine Dreiviertelstunde lang geredet.

»Worüber?«

Über Kinder, sagte ich, über Geburtstagsfeiern, über alles eigentlich. Ich solle die Neandertalermütter unterstützen, er werde eine Fußballmannschaft aus ihrem Nachwuchs formen.

»Ich bin dein Berater, Maya.«

Es klang weniger witzig, als es hätte klingen sollen.

»Außerdem ist er schon verheiratet.«

Auch das klang nicht witzig.

»Und was wollte er?«

Das, sagte ich, würde ich Peter morgen sagen – und wusste, dass ich es ihm auch morgen nicht sagen würde.

»Nach nicht einmal einem Tag«, sagte er, »hatte die Berühmtheit bereits Geheimnisse vor ihrem Berater.«

Ich setzte mich auf. Ich wollte ins Bett. Ich musste eine Möglichkeit finden, um von hier wegzukommen.

Peter wollte morgen, gleich nach dem Aufstehen, das *Große Gespräch* mit mir aufzeichnen. Nach meinem wunderbaren *Ich weiß nicht, was ich sagen soll* seien alle gespannt, und auch wenn ich mich nicht sonderlich für das interessierte, was mit mir geschehe, erobere mein Video gerade die Herzen im Sturm. Gäbe es für virtuelle Herzen Geld, wäre ich bereits reich. Mir fiel der Kleine ein, und was ich ihm versprochen hatte. Ich bat Peter, mir nach dem *Großen Gespräch* sein Auto zu leihen. Er bestand darauf, gemeinsam mit Benjamin als Leibwächter mitzukommen.

Dann erzählte mir Peter von den zwanzig Packungen meiner Milch, die er im *Haus des flüssigen Goldes* bestellt hatte, nachdem die ersten Drohnen vom Dach in die Luft gestiegen waren. Sein Geld habe er rücküberwiesen bekommen und morgen nicht zuletzt meinetwegen so viel zu tun, dass er nicht zum Haus fahren könne, um Milch zu kaufen.

»Kannst du uns helfen, bis es Pulver gibt? Bitte, Maya, das ist das Einzige, was dein Berater jemals von dir verlangen wird. Bitte.«

Ich stand auf, ohne ihn anzusehen. Links oben im Kühlschrank waren drei Fläschchen für Mia. Eine musste immer voll sein, die leeren mussten immer ausgewaschen sein. Ich wünschte ihm eine gute Nacht.

34

Jemand rüttelte mich. Peter stand aufgeregt neben meinem Bett. Ich solle kommen, flüsterte er, schnell. Mia hatte sich im Schlaf abgedeckt, ich breitete die Decke über sie.

Auf dem Weg in die Küche murmelte er etwas von einer Katastrophe, dem Super-GAU. Sein Haar stand in alle Richtungen, er war unrasiert und trug einen grün-schwarz karierten Pyjama. Außer in alten Komödien hatte ich noch nie einen Mann im Pyjama gesehen.

Ich nahm auf einem Stuhl in der Küche Platz, neben dem Kühlschrank. Peter setzte sich mir gegenüber hin.

»Bist du verrückt geworden?«

Er schob sein Telefon über den Tisch. Auf meinem Profil war ein Foto hochgeladen worden, das mich in jenem Moment zeigte, in dem ich den Protestierenden den Mittelfinger entgegengestreckt hatte. Das Bild war bearbeitet worden, meine Umrisse, vor allem die Finger, waren mit einer dicken dunkelgrünen Linie verstärkt, alles im Hintergrund war verschwommen und in ein düsteres Orange getaucht. Ich sah wie eine Superschurkin aus. *DAS IST, WER ICH WIRKLICH BIN* stand in fetten schwarzen Lettern in das Bild geschrieben.

»Das war ich nicht.«

»Das ist noch nicht alles. Öffne eine beliebige Nachricht in deinem Posteingang.«

Ich tat es. *Das war überwältigend von dir, die Welt ist dir zu Dank verpflichtet! DANKE, MAYA!* Nach dem Ausrufezeichen drei fette, blinkende Herzen. Meine Antwort: ein rot pulsierender Mittelfinger.

»Vor fünf Stunden«, sagte Peter, »kurz nachdem wir zu Bett gegangen sind. Ein Albtraum!«

Was für ein Aufwand. Jemand müsse jede einzelne Nachricht geöffnet und mit einem Mittelfinger beantwortet haben. Vielleicht gebe es einen eigenen Befehl dafür, und es sei gar nicht so aufwendig. In den Kommentaren überwögen Wut und Enttäuschung, und jene, die mich verstehen wollten, führten meine psychische Ausnahmesituation ins Feld, was auch nicht sonderlich hilfreich sei.

»Das war Clarissa«, sagte ich.

»Kann sie zaubern?«

Ich erzählte Peter von dem Tag – war es vor zwei, drei Tagen gewesen?, es kam mir unendlich weit entfernt vor –, an dem ich zu Anna gegangen war, die sich um die gehässigen Kommentare auf meinem Profil kümmern sollte. Ich hatte mich an ihrem Computer eingeloggt und war pumpen gegangen. Wer sonst konnte es gewesen sein? Mein Passwort war zwar nicht besonders stark, aber man musste Mias Geburtsdatum kennen, auf Groß- und Kleinschreibung achten und das eine richtige Sonderzeichen anfügen. Mir fiel niemand ein, dem ich das zugetraut hätte.

»Clarissa«, sagte Peter, »zu neunundneunzig Komma neun Prozent.«

Er schüttelte den Kopf. Ob ich eine Ahnung hätte, wie viele Screenshots von herzlichen oder höflich um etwas bittenden persönlichen Nachrichten an mich unterwegs seien? Jede, ausnahmslos jede, habe einen pulsierenden Mittelfinger zur Antwort bekommen – von mir höchstpersönlich. Erstaunlicherweise hätte ich nur 200 000 Follower verloren. Der Tag beginne aber erst.

Peter schaltete das Fernsehgerät ein. Schon auf dem dritten Sender wurde über mich diskutiert. Absolut unverzeihlich, sagte ein Mann im Anzug und mit roter Krawatte, der sich offensichtlich in Rage geredet und nun sein Resümee gezogen hatte: absolut unverzeihlich, letztklassig sei gar kein Wort. Er schüttelte den Kopf vor Widerwillen. Man müsse die psychische Ausnahmesituation in Betracht ziehen, hielt eine etwa Dreißigjährige dagegen, die von einer Universität zugeschaltet wurde, hinter ihr ein überbordendes Bücherregal, immerhin habe man es mit einer Frau aus prekären Verhältnissen zu tun, einer Alleinerzieherin überdies, und wer keine Alleinerzieherin sei, habe keine Ahnung, was das bedeute – sie solle ihm nicht böse sein, unterbrach der Mann mit der roten Krawatte, so ein Unfug, im *Haus des flüssigen Goldes* gebe es einen Kindergarten und Yogaklassen –, sie unterbreche ihn auch nicht, sagte die Frau ruhig, wenn man in dieser Situation, mit diesem Hintergrund, die Mutter Reinigungskraft in einem Krankenhaus, an einem Tag von Madame Gazelle gefeiert, von der Chefin gefeuert und von Insomniac mit einem absurd teuren Auto beschenkt werde, könne man vielleicht nachvollziehen, dass es spätnachts, vielleicht nach zwei, drei Drinks, vielleicht nach den ersten Drinks seit zwei Jahren, zu einem Impulsdurchbruch komme und man erst

Stunden später, und das sei die gefährlichste Situation überhaupt, bemerke, was man angerichtet, wie viele Menschen man beleidigt habe. Das alles, sagte die junge Professorin für Soziologie, wie jetzt unter ihrem Namen zu lesen war, die bestimmt nur Alleinerzieherinnen mit Kindermädchen kannte, sei keine Rechtfertigung, aber eine mögliche Erklärung, die selbstverständlich nichts an der Tatsache ändere, dass eine dermaßen – aber noch einmal: auch sehr schichtspezifische – gewalttätige Bildsprache verheerend sei. Wieder einmal die Täterin zum Opfer gemacht, sagte der Mann, dessen Kopf ähnlich rot geworden war wie seine Krawatte, und blickte direkt in die Kamera: »Meine verehrten Zuseher, es tut mir leid, aber das ist die Sprache, die ich erlernt habe, als ich in der Schule von den anderen gedemütigt wurde: Ich hasse Sie alle.« Er schüttelte den Kopf.

»Schalt aus«, sagte ich.

35

Für das *Große Gespräch* war jetzt keine Zeit. Zum Glück schlief Mia noch, als ich aus der Dusche kam; vielleicht träumte sie von ihrem Sandkistentriumph über Benjamin. Ich öffnete die Konversation mit Dario Madabo. *Gilt das meinem Angebot?*, stand unter einem pochenden roten Mittelfinger. *DAS WAR ICH NICHT! ICH MELDE MICH!* Küsschen? Ja.

Peter und ich gingen in den Garten, ich setzte mich auf einen Klappstuhl vor den Rosensträuchern, Peter wollte mit mir noch beratschlagen, was ich sagen sollte, aber dazu war keine Zeit. Meine Tochter konnte jeden Moment nach mir schreien, Benjamin konnte jeden Moment aufwachen, Esther nach Peter verlangen. Es gab auch nichts zu überlegen. Es war, wie es war. Ich forderte ihn auf, zu filmen.

»Ich habe dieses Bild nicht hochgeladen«, sagte ich. »Das schwöre ich bei meiner Tochter. Ich weiß, wer es war. Sie soll sich schämen.«

Ich wollte Peter schon bitten, auf Stop zu drücken, aber etwas in mir sprach weiter.

Zugegeben, die auf dem Bild war ich oft. Die entscheidende Frage war, an wen sich der Mittelfinger richtete. Vor dem auf dem Foto verewigten Moment war ich als Schande für meine Tochter bezeichnet worden. Sollte man vielleicht wissen. Der Mittelfinger galt keinesfalls den Menschen, die mir aufmunternd und liebevoll und dankbar geschrieben hatten. Er galt auch nicht denen, die mich um etwas gebeten hatten. Er galt allen, die mich beleidigten, ohne mich zu kennen, er galt den Umständen, die sie dazu brachten. Der Mittelfinger - ich sprach weiter, Peter nickte - stand üblicherweise für *Fickt euch*. Aber das war ein Ding der Unmöglichkeit. Er stand auch für *Leckt mich am Arsch*. Aber das wollte ich nicht; und ich vermutete, dass es kaum jemand von denen wollte, die das sagten. Mein Mittelfinger stand für *Lasst mich in Frieden*. Den wollte ich. Ich wünschte allen, die ich nicht kannte, einen friedlichen Tag. Sie sollten ihn genießen. Ohne soziale Medien könnte das vielleicht sogar gelingen.

»Und?«, fragte ich Peter.

»Ehrlich«, sagte er. »Vielleicht sollten wir vor dem Satz mit dem *Fickt euch* enden und den Rest rausschneiden. Oder nur *Fickt euch* und *Leckt mich am Arsch* rausschneiden.«

Ich sagte, wir sollten das Video hochladen.

36

»Darf ich ein Foto von uns machen?«, waren die ersten Worte, die Jaqueline über die Lippen kamen, nachdem sie beim Öffnen der Tür in Tränen ausgebrochen war und mich nicht aus ihrer Umarmung hatte lassen wollen. Ich nickte, sie eilte in ihre Wohnung.

Peter grinste. Im Auto hatte er mir darzulegen versucht, warum es mehr als hilfreich wäre, das Überbringen der Milch an die verzweifelte Mutter zu dokumentieren. Auch wenn ich mit meiner kurzen und etwas außergewöhnlichen Darstellung die Angelegenheit für geklärt halten mochte – etwas bleibe immer hängen. Viele glaubten mir, noch mehr wollten mir glauben, aber sehr viele glaubten mir kein Wort.

Ich hatte gestern das Baby nicht gestillt, um gut dazustehen. Ich brachte ihm heute keine Milch, um gut dazustehen.

Es gehe um die Bilder, hatte er widersprochen, um den Beweis, dass ich trotz meines Ruhms und des Rummels um mein geknacktes Profil mein Versprechen nicht vergessen hätte. Dass das die wahre Maya sei. Die wahre Maya hatte ihn vor die Wahl gestellt, mit seinem Telefon im Auto zu bleiben oder ohne es mitzukommen. Wir waren durch ein abgehalftertes Stiegenhaus gegangen, in dem es nicht gut roch, die hölzernen Stiegen hatten geknarzt, Peter hatte jeden Moment einzubrechen befürchtet. Es war wie in dem Haus, in dem ich wohnte.

Als Jaqueline mit Sohn und Telefon zurückkam, zwinkerte mir Peter triumphierend zu. Er kniete sich zwischen Mia und Benjamin, die Arme um ihre Schultern gelegt, während Jaqueline mit ihrem Kleinen auf dem Arm ein Foto von uns dreien machen wollte. Sie streckte ihre Hand so weit wie möglich aus, bekam uns aber nicht ins Bild. Peter bot sich selbstlos als Fotograf an. Ich bemühte mich um ein Lächeln.

Ich hatte diesem Baby etwas versprochen. Jaqueline reichte es mir, um sich Peters Fotos in Ruhe anzusehen. Sie fand die Fotos fabelhaft, er bestärkte sie in ihrem Urteil. Ich ging mit dem Kleinen, der an seinem Schnuller nuckelte, zu Mia und Benjamin, die nicht im Geringsten an ihm interessiert waren. Mia fauchte ihn an, Benjamin tat es ihr gleich. Ich hörte, wie Peter Jaqueline darum bat, mich auf dem Foto richtig zu markieren.

Jaqueline entschuldigte sich, dass nicht aufgeräumt sei. Sie habe ja nicht damit rechnen können. Bei *damit* sah sie mich an, als wäre ihr der Heilige Geist erschienen. Sie bestand darauf, dass wir kurz mit in die Wohnung kämen.

Unaufgeräumt war heillos untertrieben. Peter suchte meinen Blick, um mir zu signalisieren, keine Sekunde länger als absolut nötig mit unseren Kindern in einem solchen Loch verbringen zu wollen. Es roch nach Zigaretten und Gras, auf einem Beistelltisch standen geöffnete Dosen mit Energydrinks und eine halbvolle Flasche Vodka. Ich fragte freundlich, ob ich ein Fenster öffnen dürfe. Jaqueline kam mir zuvor. Man müsse äußerst vorsichtig sein. Sie rüttelte an einem Knauf.

Da gebe es Tricks, sonst gingen die Fenster nie wieder zu. Ich kannte diese Fenster und diese Tricks.

Ich fragte sie, wie mein kleiner Freund denn heiße. Er war sehr still, beinahe apathisch.

»Dario«, sagte Jaqueline. »Nach Dario Madabo. Sein Vater verehrt ihn.«

Ich fragte sie, wo er sei. Der helfe einem Freund, sagte sie, um ein bisschen was dazuzuverdienen. Sie legte Dario auf eine Decke am Boden, über die ein Plastikbogen mit herabhängenden Quietschtieren gespannt war. Während der Schwangerschaft habe sie nicht geraucht, es sei sehr schwer gewesen, aber sie habe es durchgezogen.

»Ich habe mir das alles ganz anders vorgestellt«, sagte Jaqueline auf einmal, »ganz, ganz anders.«

Ihre Stimme brach, sie wischte sich Tränen aus den Augen. Dann schluchzte sie kurz und heftig. Sie könne Dario nicht diese Luft atmen lassen, sagte ich, sonst würde er nie ein Fußballer.

»Das ist wegen gestern. Sein Vater war so wütend. Du hast uns bloßgestellt, sagte er, du hast Dario bloßgestellt. Aber für Milch aus dem Haus hatte er auch kein Geld. Was hätte ich denn tun sollen? Was soll ich denn tun?«

»Die mal in den Kühlschrank packen«, sagte ich und deutete auf Peters Kühlbox. Jaqueline lächelte mich an und faltete ihre Hände über dem Herzen. Die Päckchen sollten reichen, bis es wieder Pulver gebe. Wenn nicht, solle sie mir schreiben.

Peter nahm die Päckchen aus der Kühlbox und stapelte sie neben dem Kühlschrank übereinander. Es fiel ihm schwer, Dario anzusehen. Ich schrieb Jaqueline meine Telefonnummer auf einen Zettel,

Peter blickte mich missbilligend an. Auf der Hinfahrt hatte ich im Rückspiegel Mia und Benjamin in ihren Kindersitzen gesehen, beide mit einem Fläschchen Milch in der Hand. Benjamin hatte seines schneller geleert.

»Ich weiß nicht, wie ich dir danken soll«, sagte Jaqueline.

»Ganz einfach«, sagte ich, »gib Dario zu trinken und geh dann in einen Park mit ihm. Es ist ein herrlicher Tag.«

Ich umarmte Jaqueline, strich Dario über den Kopf, Peter murmelte eine Verabschiedung und packte die Kühlbox. Im Stiegenhaus atmete er tief durch. Für Dario, meinte er auf der Rückfahrt, wäre es das Beste, wenn man ihn seinen Eltern wegnähme. Für viele Kinder wäre es das Beste.

37

»Gib ihn her«, sagte Esther tonlos.

Sie saß in dem Schaukelstuhl neben der Couch, die Jalousien waren zu zwei Dritteln heruntergelassen. Auf dem Couchtisch lagen zerknüllte Taschentücher neben einer Tragetasche des *Hauses des flüssigen Goldes*. Daneben lag ein Brief.

Esthers Augen waren verweint. Sie hatte weder Peter noch mich angesehen, als wir ins Wohnzimmer gekommen waren. Sie hatte die Augen halb geschlossen, ihre Hände lagen auf den Oberschenkeln, die Arme hingen schlaff herunter.

»Gib mir sofort Benjamin«, sagte sie. »Ihr habt eine Viertelstunde, um zu verschwinden.«

Peter rührte sich nicht. Der Schrecken in seinem Gesicht war beklemmend. Er blickte mich hilfesuchend an. Dann setzte er Benjamin auf den Boden und flüsterte ihm etwas ins Ohr. Benjamin watschelte ein paar Schritte auf seine Mutter zu, die ihn in die Arme schloss, als wäre er nach einer Entführung freigelassen worden.

»Was ist denn, Esther?«, fragte Peter leise.

»Was ist? Was ist!«

Esther schrie. Sie setzte Benjamin neben sich auf den Boden, er blickte sie erschrocken an. Im nächsten Moment griff sie in die Tragetasche, nahm eine Milchpackung und schleuderte sie in Richtung Peter. Sie traf seinen Oberschenkel.

»Das ist!«, schrie sie. »Und das! Und das!«

Sie warf zwei weitere Packungen nach ihrem Mann, der sich blitzschnell umgedreht hatte. Benjamin weinte, ich nahm Mia an mich und trat einen Schritt zurück. Esther blickte mich hasserfüllt an, Peter würdigte sie keines Blickes. Ihre Lippen zitterten.

»Ihr habt mich belogen. Wie eine dumme, naive Gans. Ihr habt mich nach Strich und Faden verarscht.«

»Sag mir bitte, worum es geht, Esther«, flehte Peter. Er machte einen Schritt in Richtung Couch, hielt dann aber inne.

»Du willst mich weiter für dumm verkaufen?«

Esther griff nach dem Brief auf dem Tisch.

»Liebe Familie«, las sie und wiederholte: »Familie.« »Wie Sie wahrscheinlich wissen, führen wir Mayas Milch nicht mehr. Da es das Produkt, dem Sie treu verbunden waren, nicht mehr gibt, schicken wir Ihnen als Kunden der ersten Stunde drei ähnliche Produkte, die Ihrem Sohn das geben können, was er zu einem gedeihlichen Wachstum benötigt. Mit herzlichen Grüßen aus dem *Haus des flüssigen Goldes*, Ihre Clarissa.«

Esther hob ihren Blick; zum ersten Mal seit unserer Rückkehr blickte sie ihrem Mann direkt in die Augen. Er schien verzweifelt nach einem Ausweg zu suchen.

»Womit habe ich das verdient, Peter? Was hast du mit meiner Milch getan? Ausgeschüttet? Ich wurde noch nie in meinem Leben von jemandem dermaßen enttäuscht.«

»Esther, lass mich –«

»Hau ab.« Sie hob abwehrend die Hände. »So schnell wie möglich.«

»Und du, Maya, hast mir in meinem Haus ins Gesicht gelogen.«

»Das habe ich nicht«, sagte ich.

»Ach was?«

Esther erhob sich langsam. Sie stand da, sehr gerade, sehr verletzt und sehr wütend. Ich trat einen weiteren Schritt zurück.

»In diesem Moment war Peter nicht Peter«, sagte ich. »Der Peter, den ich bis dahin gekannt hatte, hat mir erzählt, dass seine Frau kaum Milch hat und ihr mich deshalb um Milch für Benjamin bittet. Das habe ich getan, bis ich im Haus zu arbeiten begann. Von da an hatte ich keinen Kontakt zu ihm. Das war nicht der Peter, den ich kannte.«

»Von wem hast du diese Spitzfindigkeiten? Von Clarissa?«

»Es tut mir leid, Esther«, sagte ich, »ich wollte helfen.«

»Scheint deine Stärke zu sein. Ich will dich nie wieder sehen. Hast du mich verstanden?«

Ich nickte.

»Ich gehe jetzt mit Benjamin in den Garten. Wenn ich zurückkomme, seid ihr weg.«

38

Der Flug im Helikopter war rau. Ich versuchte mich damit zu beruhigen, dass Madame Gazelle oft in ihm geflogen und noch immer am Leben war. Mia saß mit gepolsterten Ohrenschützern, die nur einen kleinen Teil ihres Gesichts unbedeckt ließen, auf meinem Schoß, Peter hatte den strengsten Vertrag seines Lebens unterschreiben müssen, der ihm die Veröffentlichung jeglicher Fotos oder Videos aus Madame Gazelles Reich untersagte. Er hatte auch unterschreiben müssen, nichts über Madame Gazelle, ihr Grundstück oder seinen Aufenthalt ohne ihre Einwilligung in welcher Form auch immer schriftlich publik zu machen. Atmen dürfe er hoffentlich, hatte er gesagt; es war der erste Scherz nach dem unfreiwilligen Verlassen seines Hauses gewesen. Die Pilotin forderte uns auf, die Sonnenblende zu öffnen, ich zwickte Peter, der in ein Magazin starrte, ohne die Seiten umzublättern, auf den Oberschenkel: Unter uns lag das ausgedehnte Anwesen, auf das sich Madame Gazelle zurückzog, wenn sie nicht in der Stadt sein wollte. Es ging senkrecht nach unten.

»Herzlich willkommen«, rief Madame Gazelle mit ausgebreiteten Armen, als wir aus ihrem Helikopter stiegen. Sie trug den hellblauen Trainingsanzug, auf dessen Rücken in Gelb *7* und *MAYA* gesprüht war, und die gleichen gelben Turnschuhe, die ich beim Stillen des kleinen Dario getragen hatte. Sie legte mir beide Hände auf die Schultern und blickte mir lange in die Augen. Madame Gazelle war etwas größer als ich.

»Hast du deinen gewaschen?«

Madame Gazelle deutete auf ihren Trainingsanzug; ich schüttelte den Kopf. Dazu hatte ich keine Zeit gehabt.

»Sehr gut. Würdest du ihn mir verkaufen?«

»Ich schenke ihn dir.«

»Das war eine Fangfrage, Maya. Erste Lektion: Von nun an wird nichts verschenkt. Zweite Lektion: Pack ihn in einen luftdichten Sack, so, wie er ist, und schreib dazu, wann du ihn wo getragen hast. Dieser Trainingsanzug ist viel wert – und wird bald noch viel mehr wert sein.«

Madame Gazelle lachte.

»Menschen lieben solche Dinge!«

Sie zwinkerte mir zu.

»Die einen kaufen sie, um ihren Idolen näher zu sein, die anderen als Investition. Freddy Mercurys Bartkamm wurde unlängst für 200 000 verkauft.«

Sie schüttelte den Kopf, als könnte sie nicht glauben, dass ich zu ihr gekommen war, strich Mia über die Wangen und umarmte mich. Auf dem Foto, das unter *Team Maya* auf ihrer Seite veröffentlicht wurde, sieht es aus, als wäre ich der Star und Madame Gazelle glücklich darüber, in meiner Gegenwart sein zu dürfen.

»Fühlt euch nicht *wie* zu Hause«, sagte sie, »fühlt euch zu Hause!« Peter reichte sie kurz die Hand, ihre Assistentin fotografierte nicht mehr.

Bedauerlicherweise hatte sie gerade nicht allzu viel Zeit. Sie hatte ja nicht so schnell mit unserem

Kommen gerechnet – aber sie nahm sich natürlich die Zeit, um uns persönlich das Wichtigste zu zeigen.

Dass es sehr reiche Menschen gab, hatte ich gewusst. Aber etwas zu wissen und etwas zu sehen, waren zwei verschiedene Paar Turnschuhe. Das Anwesen war gigantisch. Eine riesige Villa, vier kleinere Nebengebäude, die ebenfalls sehr groß waren. Sie alle waren mit teuren Gegenständen und Möbeln ausgestattet, Peter benannte einiges davon mit unverhohlenem Staunen, ja, mit Achtung. Es störte mich, dass wir uns eines der Nebengebäude teilen sollten. Sein Apartment lag neben meinem. Anscheinend wurde er für mehr als meinen Berater gehalten.

Die Villa selbst war ein Madame-Gazelle-Museum. Überall hingen Bilder von ihr, wohin man blickte, war sie auf Fotos und Gemälden zu sehen. Sie beschäftigte eine Handvoll Bedienstete, die uns alle Wünsche erfüllen sollten, zwei Kindermädchen, die sich natürlich jederzeit auch um Mia kümmern würden, zwei Gärtner, die sich um den Rasen und die Pflanzen und die Bäume des weitläufigen Parks bemühten. Pool, Golfplatz, Hügel und Baumoasen konnte sie uns jetzt nicht zeigen. Ich sah Peter an, wie er sich dafür verfluchte, diese Erfahrung in seinem Zustand machen zu müssen.

Er ging ein paar Schritte hinter uns, ich sah, wie er grübelte und haderte und in seinen Gedanken immer noch in seinem Wohnzimmer war. Madame Gazelle schien nichts davon zu bemerken, sie sprach nur zu mir und gelegentlich zu Mia, die sie *kleine Prinzessin* nannte. Als sie etwas von ihrer

Assistentin ins Ohr geflüstert bekam, musste sie sich leider fürs Erste entschuldigen. Dafür könnten wir jetzt alles ganz in Ruhe erkunden. Sie umarmte mich. Ich bräuchte Ruhe. Die hätte ich verdient. Das alles hier sei bis auf Weiteres unser Asyl.

»Ich bewundere dich, Maya«, sagte sie. Es klang echt.

39

Wir saßen im Schatten eines großen alten Baumes. Zwei Kameras waren auf uns gerichtet, Madame Gazelles Assistentin stand mit ihrem Team und Peter im Hintergrund, dem die maßlose Verärgerung darüber anzusehen war, dass Madame Gazelle das *Große Gespräch* für sein Qualitätsmedium vereitelt hatte und nun selbst ihre *Heldin des Jahres* präsentierte. Aber Peter hatte einen Vertrag unterzeichnet und sich damit zu trösten versucht, es wäre in seiner Situation besser so; zumindest würde Esther nicht auch noch vermuten, wir hätten eine Affäre.

Ich trug ein senfgelbes Shirt und eine dunkelblaue Leinenhose, Sandalen an den Füßen, Madame Gazelle trug noch immer den gleichen Trainingsanzug und die Turnschuhe, die ich beim Stillen des hungrigen Babys angehabt hatte. Hier saß *Team Maya*.

Sie hatte die Beine übereinander geschlagen, ich saß aufrecht da und wollte entspannt wirken; ich war angespannt, weil ich noch nie in meinem Leben interviewt worden war und sich bis gestern kein Mensch für ein Gespräch mit mir interessiert hätte. Es war auch nicht sonderlich hilfreich, dass Peter gesagt hatte, ich solle nicht an ihre 370 Millionen Follower denken, Madame Gazelle werde mich schon nicht aufs Glatteis führen. Ich versprach mir, nur das zu sagen, was ich dachte.

Sie sei überglücklich, sagte Madame Gazelle, als die Kamera lief und sie zu strahlen begann, es sei ein Geschenk, mir Schutz gewähren zu können. Ich sei ein Geschenk. Ich hätte bestimmt viele Angebote bekommen. Warum hatte ich ihres angenommen?

Ich hatte mir Ruhe für mich und meine Tochter ersehnt. Ich war auf der Flucht. Wir waren auf der Flucht. Ich hatte Madame Gazelles Angebot angenommen, weil ich sie nicht kannte. Warum in meiner Situation nicht einen neuen Menschen kennenlernen – noch dazu einen, den alle zu kennen meinten?

Madame Gazelle nickte amüsiert, musste aber kurz auf das Foto mit dem ausgestreckten Mittelfinger eingehen, das auf meinem Profil geteilt worden war und noch immer so viele Menschen beschäftigte. Ich wollte nicht näher darauf eingehen. Dazu hatte ich alles gesagt. Wer mir nicht glauben wollte, musste es nicht. Ich hatte das Leben nie als Sympathiewettbewerb gesehen.

»Den du allerdings haushoch gewonnen hast.«

Madame Gazelle lachte und fragte, wie es sich anfühle, eine Heldin zu sein.

Ich hatte etwas gutmachen wollen. Ich hatte helfen wollen. Ich war mir sicher, eine andere Goldene hätte das Baby ebenso gestillt wie ich. Aber ich war zuerst dort gewesen, ich hatte es durch die Fensterfront gesehen, ich hatte den Anblick nicht ertragen können und sofort etwas tun müssen. Ich hatte keine Sekunde darüber nachgedacht. Ich war keine Heldin. Ich hatte Erste Hilfe geleistet. Das sagte ich.

Und jetzt – ich merkte es, es freute mich – war ich entspannt. Ich sagte, was ich dachte. Es war richtig, dieses Gespräch zu führen. In ein paar Minuten hätte ich es hinter mir und könnte mich in aller Ruhe um mich und meine nächsten Schritte kümmern. Niemand würde mich auf Madame Gazelles Anwesen behelligen. Außerdem stellte sie die Fragen, die Peter vermutet und über die ich nachgedacht hatte.

Die Frage nach den Anschuldigungen meines Ex war nicht darunter gewesen. Er hatte im Fernsehen von meinen Wutausbrüchen und meiner Instabilität gesprochen und war überzeugt davon, dass ich das Foto hochgeladen und die Mittelfinger verschickt hatte, weil ich so war, weil ich ihm sein Kind vorenthielt, weil ich nur mich und niemanden sonst sah. Madame Gazelle sagte, sie frage nur danach, weil es die Leute interessiere; sie selbst rieche die Haltlosigkeit der Anschuldigungen meilenweit gegen den Wind.

Ich musste gerade sehr schnell lernen, dass alle auf einmal alles über mich sagen konnten. Die Wohlwollenden wie die Verhärmten. Das Geld für seine Lügengeschichten sollte mein Ex dieses eine Mal nicht sofort zum Fenster hinauswerfen. Ich wollte hier nicht sagen, was er gesagt hatte, als ich ihm von meiner Schwangerschaft erzählt hatte. Meine Tochter, sagte ich, würde dieses Gespräch einmal sehen. Die dann, dachte ich im nächsten Moment, spätestens dann die Frage stellen würde, *was* er gesagt habe.

Zur Kündigung meinte ich lediglich, dass Clarissa mit ihren Anwältinnen vor Gericht bestimmt

Recht bekomme. Ob das richtig sei, überließ ich der Entscheidung jedes und jeder Einzelnen. Ich würde sofort wieder so handeln, Vertrag hin oder her.

Ich spürte, dass Madame Gazelle gern etwas Knalligeres gehört hätte. Sie nickte wohlwollend. Sie fragte mich, wie es nun weitergehe.

»Das wissen die Götter«, sagte ich, »und die schweigen.«

40

Sie werde zwar manchmal Göttin genannt, sagte Madame Gazelle und zwinkerte der Kamera zu, allerdings könne sie nicht über die *Mayas* schweigen, die im *Haus des flüssigen Goldes* eine unschätzbare Arbeit leisteten. Was ich ihnen sagen wolle?

Sie sollten ihre Namen behalten. Sie waren Heldinnen. Ich hatte *einem* Kind für ein paar Stunden helfen können.

Madame Gazelle lobte meine Bescheidenheit, fand sie aber unangemessen, zumal demonstrative Bescheidenheit immer auch das Gegenteil davon sei. Die *Mayas* hießen *Mayas*, weil sie unter meinem Stern pumpten, weil ich den Unterschied machte, weil es sie ohne mich nie gegeben hätte, weil ohne mich Madame Gazelle die Drastik der Situation vielleicht gar nicht begriffen hätte.

Sie strahlte mich an. Es sei ein magischer Moment gewesen. In dem sie sofort gewusst habe, dass auch sie etwas tun müsse. Ein inspirierender Moment. Ein bleibender Moment. Für Millionen von Menschen. Sie bedankte sich bei dem einen Menschen, der 3,2 Millionen für ein Fläschchen Madame Gazelle bezahlt habe, um Milch aus dem *Haus des flüssigen Goldes* auch für die weniger Privilegierten erschwinglich zu machen – und der Madame Gazelles Milch dem hungrigen Baby einer armen Familie geschenkt habe. Anonym.

Sie legte ihre Hand aufs Herz und schloss die Augen. Als sie die Augen wieder öffnete, blickte sie mich an, als sähe sie mich zum ersten Mal.

Madame Gazelle, sagte Madame Gazelle, sei an wahren Emotionen interessiert. Sie wolle eigentlich nicht, müsse aber über jene ältere Schauspielerin sprechen, die bis zu jenem Moment, in dem ich Jaquelines Baby gestillt hätte, mindestens genauso unbeliebt wie ich gewesen sei, weil sie sich nicht entblödet habe, zu fragen, wo das Problem in dieser vermeintlichen Krise sei, es gäbe doch eine ganz einfache Lösung: Muttermilch.

Madame Gazelle zog die Brauen hoch und blickte direkt in die Kamera. Adoptierte Kinder? Leihmütter? Frauen, die nicht stillen könnten oder nicht ausreichend Milch hätten, um ohne Pulver auszukommen? Frauen, die nicht stillen wollten? Die keine Zeit dazu hätten? *Mutter*milch? Dass ich das alles wisse, sei ihr klar. Sie lachte. Aber eines interessiere sie brennend, und zwar generell: Team Pulver oder Team Brustmilch?

Ich war seit meinem neunzehnten Lebensjahr in keinem Team mehr. Jede Mutter sollte machen, was sie für richtig hielt. Muttermilch war ja keine Religion.

»Amen«, sagte Madame Gazelle und stand auf. Ich saß da, sie beugte sich über mich und umarmte mich. Dann zog sie mich lächelnd hoch und hielt meine Hand. Das war Maya, die bescheidene Heldin.

»Ciaociao.«

Sie blies der Kamera einen Kuss zu.

41

So etwas Ähnliches, sagte Madame Gazelle beim Abendessen und beschrieb mit ihrer Hand einen weiten Bogen um sich herum, könnte ich auch haben. Ich hätte das Potential dazu. Meine Ausstrahlung, mein Aussehen, mein Mut, aber vor allem das, was man so schwer fassen könne: meine Aura. Etwas, das in mir funkele und um mich strahle.

Wir hatten Fisch und Meeresfrüchte serviert bekommen; ich wollte mir nicht anmerken lassen, dass mir Pizza oder Lasagne lieber gewesen wären. Peter aß wie ein Halbverhungerter und tat alle Augenblicke kund, er könne sich nicht erinnern, jemals auch nur annähernd so gut gespeist zu haben. Der Kellner hatte Peters Glas so oft nachfüllen müssen, bis er ihm auf Madame Gazelles Wink hin eine eigene Flasche Rotwein gebracht hatte.

Ich müsse zuerst meine Nische besetzen und mich positionieren. Das eine sei selbstverständlich alles rund ums Stillen, also alles andere als eine Nische. Ich könnte Stilltipps geben, das richtige Abpumpen erklären, aber auch, wie man sich gesund ernähre und die Nährwerte hoch halte. Wie ein Basketballstar, der Einblicke in seine Kunst gewähre – von der Besten lernen.

Das andere sei meine persönliche Positionierung, die sich zwangsläufig aus der Tat ergebe, mit der ich berühmt geworden sei: eingreifen, wenn Hilfe benötigt werde, ohne zu überlegen, ob es nachteilig für einen selbst sein könnte. Mit einem Wort: Zivilcourage. Nicht wegsehen, nicht jammern, die Initiative ergreifen, selbst der Unterschied sein. Selbst der Unterschied sein, wiederholte Madame Gazelle, könnte zugleich das Motto sein. Einfach und gerade. Damit eröffnete sich ein weites Feld, in dem ich nur noch meine Einsatzorte aufzuspüren hätte.

Ich kam mir wie eine Schülerin vor, die von der Direktorin wohlwollend belehrt wird. Das mit dem Sympathiewettbewerb hätte ich nach einem Medientraining niemals gesagt; überhaupt solle man auf Fragen nie wirklich antworten, sondern immer nur das sagen, was man rüberbringen wolle. Peter machte sich unablässig Notizen, was Madame Gazelle mit Nachdruck gefordert hatte – ausschließlich zu meinem Gebrauch. Er wirkte wie ein beflissener Sekretär. Sie behandelte ihn wie einen.

Die zweite große Frage sei natürlich, wie man meine Reichweite in Geld verwandeln könne. Die naheliegendste Idee neben einem gut verhandelten Exklusivvertrag mit einem Pumpenhersteller war für Madame Gazelle natürlich, eine Modelinie zu starten; *natürlich* war Madame Gazelles Lieblingswort. Schicker Freizeitlook, der hellblaue Trainingsanzug, *7* und *MAYA* in Gelb auf der Rückseite, die Schuhe, die Sonnenbrille. Am besten mit zwei Modellen starten, dem hellblauen, der für meine Glanztat, und dem schwarzen, der für meinen ausgestreckten Mittelfinger stehe, für die Tage, an denen man von der Welt in Frieden gelassen werden wolle.

Der Hersteller habe sich schon gemeldet, meinte Peter. Das war mir neu. Sage sie ja, naheliegend, erwiderte Madame Gazelle, ich müsse dabei bloß überlegen, ob es für die breite Masse oder exklusiver sein solle, wobei exklusiver fair und nachhaltig bedeute, ohne Kinder- und Sklavenarbeit, vernünftige Löhne, gute Materialien.

Das Um und Auf aber, sagte Madame Gazelle und schob ihren Teller von sich, sei die Sichtbarkeit. Sie verstehe, dass es für mich gerade sehr viel auf einmal sei, aber es sei eben *ein Mal*, und dieses eine Mal müsse ich nutzen – wie eine Extremsportlerin, die nur ein äußerst begrenztes Zeitfenster habe, um richtig gut zu verdienen. An meiner Sichtbarkeit, an dem Bild, das ich der Welt zeigen wolle, müsse mit Bedacht gefeilt werden. Sie habe mir heute noch einmal unter die Arme gegriffen, indem sie das Foto und unser Gespräch hochgeladen habe. Präsent bleiben klinge in diesem Moment vielleicht seltsam, aber es könne sehr schnell gehen. Ich müsse die Menschen an meinem Leben teilhaben lassen, um ihr Interesse wachzuhalten. An dem, was ich davon zeigen, was ich darüber erzählen wolle. Ich müsse in meiner Ungreifbarkeit greifbar werden. Den Leuten das Gefühl geben, mich zu kennen. Sie müssten meine Komplizen werden, mir vertrauen. Und Komplizen seien kompliziert.

Ob ich es wolle oder nicht: Ich müsse ihnen Mia zeigen. Sonst habe man das Gefühl, ich versteckte etwas. Nicht etwas: meinen Antrieb, meine Liebe, mein Glück.

42

Dario hatte das Gegenteil gesagt.

Ich konnte mich nicht erinnern, jemals so viel Ruhe um mich gehabt zu haben. Ich lag auf einer Sonnenliege in einem abgelegenen Teil des Parks und blickte zu den Sternen. Ich hatte noch nie so viele Sterne am Himmel gesehen. Die Luft war warm, Zikaden zirpten, in meiner Nähe drehte sich ein Rasensprenger, Vögel zwitscherten. Neben mir lag ein Babyphone mit Videofunktion, das Madame Gazelle mir gegeben hatte. Ich hörte Mia atmen, die Videofunktion hatte ich abgestellt, mein Telefon war im Flugmodus. Zum ersten Mal fühlte ich mich nicht mehr auf der Flucht.

Obwohl Dario und seine Frau ihre Kinder sehr gern herzeigten. Aber ich war weder Dario noch Madame Gazelle. Der eine konnte ich nicht, die andere wollte ich nicht sein. *So etwas Ähnliches.* Wollte ich gar nicht. Bis auf die Sterne. Die hätte ich gern jede Nacht gesehen. Die hätte ich Mia gern gezeigt.

Ich musste Dario antworten. Er drängte nicht, hatte aber bereits nachgehakt. Ich war noch nie in einer Situation gewesen, in der ich ständig nachdenken und Entscheidungen treffen musste. Peter hatte ich nichts davon erzählt, weil ich selbst entscheiden wollte. Mit meinen Freundinnen musste ich nicht darüber sprechen, weil ich deren Antwort kannte: ob ich bescheuert sei, was es da nachzudenken gebe.

Ich sollte Darios Zwillingen, einem Jungen und einem Mädchen, drei Monate alt, Milch geben. Stillen oder Fläschchen, was mir lieber wäre. Ich könnte bei ihnen in einem eigenen großen Apartment wohnen, die Kindermädchen würden sich um Mia kümmern, wie sie sich um Darios Kinder kümmerten. Wir wären ein Teil der Familie. Wir könnten alles, was es gab, von den Pools über das Fitnessstudio bis zu den Fahrern und Kühlschränken, mitbenutzen. Bis zum ersten Geburtstag wäre schön, über alles Weitere könnte man dann reden. Sollte ich bemerken, es wäre nichts für mich, könnte ich jederzeit abreisen. Ich hätte Ruhe, ich hätte Zeit für mich, ich bräuchte mich um nichts zu kümmern.

Ich würde die Sterne sehen. Mia wäre unter Kindern, meine Tochter würde eine neue Sprache aufschnappen, wir wären in einem freundlicheren Klima. Wir wären am Meer. Vielleicht würden mir dort sogar Fische und Meeresfrüchte schmecken. Ich könnte unerkannt und sorgenfrei über die Straßen gehen. Dario wollte mir so viel zahlen, dass ich nie wieder einen Finger rühren müsste, wenn ich nicht wollte. Ich hätte bloß die Privatsphäre der Familie zu respektieren.

Seine Frau war Model. Sie wollte nicht stillen, auch nicht pumpen, aber die beste Milch für ihre Zwillinge. Sie hatte mit ihrer Kinderärztin gesprochen, die nach dem Studium meiner Milchwerte grünes Licht gegeben hatte. Beide wollten die Geschichte nicht an die große Glocke hängen; sollte ich sie öffentlich machen wollen, könnten wir überlegen, wie. Seine Frau ließ mir herzliche Grüße ausrichten. Sie würde mich mit offenen Armen empfangen.

Zehn Millionen für zehn Monate. Bis kurz nach dem ersten Geburtstag. Keine Ausgaben vor Ort. Auf meinem Telefon teilte ich zehn Millionen durch fünftausend. Anders als Clarissa war ich nie Rechenkönig gewesen. Sie hatte mir von dem Spiel in ihrer Schule erzählt, bei dem immer der in einer Zweierbank stehengeblieben war, der eine Rechnung schneller gelöst hatte. Oder die. Am Ende war immer sie als Letzte gestanden: Rechenkönig. *König* hatte sie im Nachhinein sehr belustigt. Zweitausend Monate. Einhundertsechsundsechzig Jahre. Ich war siebenundzwanzig. Ich hatte noch nie ansatzweise fünftausend im Monat ausgegeben. Dreiundachtzig Jahre mit zehntausend im Monat.

So viel wie drei Fläschchen Madame Gazelle. Aber so konnte man nicht rechnen. Dario verdiente hundert Millionen pro Jahr. Ohne Prämien, ohne Werbung. Man ging davon aus, dass er mindestens das Doppelte davon verdiente. Ein Zwanzigstel davon wollte er mir für seine Zwillinge geben. Ich wäre die bestbezahlte Amme der Geschichte – und danach für immer frei von finanziellen Sorgen. Madame Gazelle hatte recht: Pumpen konnte ich nur für eine sehr begrenzte Zeit. Das hatte ich auch ohne sie gewusst. Ich würde das tun, was ich in den letzten Monaten getan hatte, aber unvorstellbar viel mehr verdienen – und müsste nur für zwei Babys pumpen.

Ich stand auf und ging zum Pool. Ich spürte das weiche Gras unter meinen Füßen. Die Zikaden zirpten, als ich ins Wasser stieg. In zwei Wochen hatte Mia ihren zweiten Geburtstag. Ich könnte ihr noch ein Jahr morgens und zum Einschlafen Milch in ein Fläschchen füllen und gleichzeitig ein Jahr lang pumpen, um für immer ausgesorgt zu haben. Ich müsste niemanden an meinem Leben teilhaben lassen, keine Anwältin für Zivilcourage, kein Werbemaskottchen, keine Trainingsanzugslinie sein. Obwohl mir diese Idee gefiel. Das war, soviel meinte auch ich zu wissen, leicht verdientes Geld. Ich tauchte unter.

Als ich auftauchte, schrie Mia nach mir.

43

Sie schrie immer noch, als ich ins Zimmer kam. Peter saß mit einem Buch neben Mia, er hatte die Nachttischlampe angeknipst. Mia starrte stur geradeaus und schrie »Mama«, »Mama«, »Mamaaaa«. »Ah, jetzt weiß ich«, sagte er und versuchte, beschwingt zu klingen, »*das* lese ich dir vor.« Mia schrie noch verzweifelter nach mir.

»Was machst du da?«

Ich ging zum Bett, in ein Handtuch gewickelt, mein Haar war nass.

»Ich habe sie schreien gehört!«

Es störte mich, dass er hier saß; obwohl es richtig war, dass er zur Hilfe geeilt war. Ich drückte Mia an mich, sie hörte augenblicklich zu schreien auf. Mama war ja da, Mama war nur kurz schwimmen gewesen und die Sterne anschauen. Ich küsste sie auf die Stirn, ich küsste sie auf den Mund, sie blickte mich erleichtert und strafend an. Sie hatte keine Ahnung, wo sie gerade war. Eines Tages würde ich ihr Fotos zeigen, auf denen sie bei Madame Gazelle war. Meine Tochter, die vielleicht bald mit Dario Madabos Kindern spielte.

Wie hatte Esther Benjamin heute ins Bett gebracht? Peter saß auf einem Stuhl neben dem Bett und redete leise, mehr zu sich als zu mir. Seine Zunge war schwer. Was hatte sie ihm erzählt, warum Papa nicht da war? Er verfluchte Clarissa, die ihm das angetan hatte. Sie war noch tausend

Mal schlimmer, als er sie gezeichnet hatte. Wegen dieser dämlichen Reportage, die er für Esther, die Moralische, geschrieben hatte. *Sie* hatte das Haus einen hochindustrialisierten Kuhstall genannt, *sie* hatte es pervers gefunden, Muttermilch als Luxusware zu verkaufen, und *er* hatte diese Geschichte für *sie* geschrieben, um nicht den leisesten Verdacht aufkommen zu lassen, wie *er* das *Haus des flüssigen Goldes* sah. Und ihre Sicht hatte viel eher jener des Publikums entsprochen als seine, keine Geschichte von ihm jemals auch nur annähernd so viel Erfolg gehabt. Den er sich erträumt, den er sich verdient hatte. Hätte er für jeden Aufruf einen Tropfen Milch bekommen –

Er lachte; ich deutete auf die schlafende Mia.

Andererseits war es eben nicht *seine* Geschichte und das Schlimmste daran: Diese Unehrlichkeit war abartig erfolgreich – bei Menschen, die sich darüber empörten, dass Frauen ihre Milch verkauften, ohne sich über die Welt zu empören, in der sie das tun mussten. Esthers hehre Moral! Sie ging nicht ans Telefon. Sie las nicht einmal seine Nachrichten. Er war heilfroh, dass ich ihn mitgenommen hatte. Unter Menschen meinte er sich zusammenreißen zu können.

Wir setzten uns auf die rote Couch im Nebenzimmer. Peter holte sich eine Flasche Bier aus dem Kühlschrank. Er kam traurig zurück.

Seit Benjamin auf der Welt war, hatte er noch nicht oft ohne ihn geschlafen. Er hatte sich danach gesehnt, wieder einmal eine Nacht durchschlafen zu können. Das hatte er drei, vier Mal genossen, wenn er für Recherchen unterwegs gewesen war.

Einmal war Esther für ein Wochenende bei einer Freundin gewesen und er bei ihrer Rückkehr völlig erledigt, geistig und körperlich. Ich sei der stärkste Mensch, den er kenne. Ich schaffte das alles allein. Ich ließ ihn reden.

Heute würde er nicht gut schlafen, vor allem wenig. Er wollte, er musste den richtigen Ton für den wichtigsten Brief seines Lebens finden. Darin würde er Esther alles sagen. Wie es war, schonungslos. Die ganze Wahrheit. Er wollte Esther zeigen, wer er wirklich war. Mit Ehrlichkeit um Vergebung bitten. Es hatte sich nicht gut angefühlt, gar nicht gut, ihre mühsam abgepumpte Milch auszuschütten. Aber er hatte gewusst, wofür er es tat. Er hatte es nur gut gemeint. Er hatte alles von seinem Geld bezahlt. Er blickte mich verzweifelt an.

»Was hab ich falsch gemacht?«

»Du warst dumm und unehrlich.«

Ja, er wusste, dass er unehrlich war. Nicht nur in dieser Angelegenheit. Es war seine zweite Natur. Er hatte sich immer Geschichten ausgedacht. Wenn man einmal damit begonnen hatte, konnte man nicht mehr aufhören. Einmal, er musste dreizehn gewesen sein, hatte er seinen Freunden erzählt, bei einer Familienfeier mit seiner Cousine geschmust zu haben. Hatte er nicht, sich aber vorgestellt. Noch Jahre später hatte er die Geschichte erzählt, sie bisweilen selbst geglaubt. Ich fragte mich nicht mehr, was ich ihm noch glaubte.

Er lachte über sich; kurz und bitter.

Ein Mal, ein einziges Mal, absurderweise kurz bevor er auf dem Parkplatz niedergeschlagen worden war, hatte er sich gefragt, ob er Benjamin einmal von seiner Supermilch erzählen würde. Nach der Scheidung? Wäre Benjamin dann alt genug? Käme es überhaupt zu einer Scheidung? Wenn er alt genug wäre, um ein Geheimnis für sich zu behalten? Wenn er zu studieren begänne? Selbst Vater würde? Aber wie alt wäre Peter dann! Die Beichte auf dem Sterbebett?

Peter hielt sich die Hände vors Gesicht. Er hatte sich die Beichte immer als Beichte vor Benjamin, nie vor Esther vorgestellt. Auf einmal richtete er sich auf.

»Aber warum dumm?«

»Mit deinem Milchwahn. Du kannst auch guten Wein trinken, du brauchst nicht Madame Gazelles.«

»Ich bin am Ende, Maya, ein Wrack.«

»Du bist betrunken.«

»Ich will Benjamin nicht verlieren. Sie ignoriert mich. Darum der Brief.«

»Würde ich nicht lesen wollen.«

Er blickte mich entgeistert an.

»Warum?«

»Weil ich unfassbar wütend und enttäuscht wäre, dass Peter nicht Peter ist.«

»Du hast ja auch nicht die ganze Wahrheit gesagt!«

Ja, das stimmte. Auch ich hatte nicht die ganze Wahrheit gesagt. Aber *er* hatte uns alle in diese Situation gebracht. Er hatte sich in diese Situation gebracht, er hatte Esther in diese Situation gebracht. Er hatte mich in diese Situation gebracht, und ich hatte nicht die ganze Wahrheit gesagt, aber Esther hatte mich auch nicht direkt danach gefragt, ob ich Peter Milch verkauft hatte. Ja, das waren Spitzfindigkeiten. Wie man es drehte und wendete, ich hatte nicht die ganze Wahrheit gesagt. Das war mir jetzt aber egal. Ich hatte noch ganz andere Probleme. *Er* hatte all das ins Werk gesetzt. Er musste dafür geradestehen. Mit einem Brief würde es nicht getan sein. Er musste Esther Zeit geben. Sie musste das verdauen. Ich hätte ihm niemals vergeben.

»Was soll ich machen?«

»Mach nicht das, was Männer in solchen Situationen am liebsten tun.«

Peter blickte mich flehentlich an. Als wüsste ich etwas, das nur ich wusste. Als hätte ich die Lösung. Als wäre ich die Stärkste, die *das alles* allein schaffte.

»Saufen, heulen, sich bemitleiden, die schönsten gemeinsamen Momente beschwören, zeigen, wie schlecht es einem geht – wenn man selbst Scheiße gebaut hat. Geh schlafen.«

Ich nahm ihm die Flasche aus der Hand.

»Das befehle ich meinem Berater.«

44

Vor meiner Tür blieb Peter stehen. Ich hatte sie für ihn geöffnet, nun konnte ich sie nicht mehr zuziehen. Er nickte sehr schnell. Jedes Nicken eine Erkenntnis. Jede Erkenntnis ein Entschluss. Eines seiner Lider zitterte. Er schloss kurz die Augen, dann blickte er mich komplizenhaft an.

»Wie mich dieser plumpe Reichtum abstößt! Er kotzt mich an! Willkommen in der Oase der Obszönität! Alles auf dem neuesten Stand der Technik! Alles sauber und glänzend und überaus komfortabel! Madame Gazelle hat sich beraten lassen und all die Sachen gekauft, die man haben muss! Bravo, Madame Gazelle! Aber diese Zusammenstellung, diese abenteuerliche Mischung, deren einziger gemeinsamer Nenner *teuer* ist – absolut geschmacklos, nein: lachhaft! Madame Gazelle in goldenen Lettern! In *güldenen* Lettern! Überhaupt dieser Name!«

Er blickte mich an; ich schwieg.

»Wir leben in einer Vollidiotenwelt, Maya, in der verblendetsten Zeit der Geschichte, in der Menschen berühmt und einflussreich sind, weil sie berühmt und einflussreich sind! In der es nur um Herzchen und Daumen rauf und Daumen runter und Händefalten und staunendes Gesichtchen geht! Weil das alles niemand mehr in Worten ausdrücken kann! Weil niemand mehr Ironie versteht, wenn man kein Zwinkerauge anfügt! Eine Heiligenscheinwelt, in der es nur Ausrufezeichen gibt! Das isst Madame Gazelle? Muss ich auch essen! Das trinkt Madame Gazelle? Muss ich auch trinken! So meditiert Madame Gazelle? Muss ich auch versuchen! Und du bist nicht so berühmt, weil du ein fremdes Kind gestillt hast, sondern weil Madame Gazelle dich dafür gefeiert hat. Weil Madame Gazelle berühmt ist. Weil Insomniac, dieser –«

Er hielt inne und blickte mich beschämt an. Tränen liefen aus seinen Augen. »Entschuldige«, sagte er. Er drehte sich langsam um und wankte auf seine Tür zu. Ich machte mir Sorgen um ihn. »Geh ins Bett«, flüsterte ich. Er zog die Tür hinter sich zu, ohne sich umzudrehen.

45

Zu meinem Bedauern war Mia nicht vom Pool begeistert. Sie schrie, wenn ich sie durchs Wasser ziehen wollte; wenn ich sie loslassen wollte, strampelte sie mit den Beinen. Sie wurde erst wieder ruhig, als ich ihr die Schwimmringe abnahm und im Gras Tiger mit ihr *pielte*. Jetzt erst wurde mir bewusst, dass mit dem *Haus des flüssigen Goldes* auch die Kindergruppe der Vergangenheit angehörte.

Peter kam uns zerknautscht entgegen. Ich musste ihn nicht fragen, wie er geschlafen, auch nicht, ob er meinen Ratschlag beherzigt hatte. Er blickte mich verlegen an. Ich war müde, weil ich ihm die Beichte abgenommen hatte. Ohne seine Bekenntnisse hätte ich vielleicht endlich ein paar Stunden in Ruhe geschlafen. Mit einem Mal huschte ein Lächeln über sein Gesicht. Er schüttelte den Kopf, als wollte er mir zeigen, dass Peter zurück war, der Peter, der er sein wollte.

»Wir haben drei Stunden zum Überlegen«, sagte er. »Madame Gazelle hat es tatsächlich gewusst, woher auch immer: In drei Tagen werden die Regale wieder voller Babymilchpulver sein. Das ist gut, das ist schön, aber nichts, worüber man drei Stunden nachdenken müsste. Woher weiß ich, dass Madame Gazelle es gewusst hat?«

Ich tippte auf seine Genialität oder eine spontane Offenbarung.

»Ein gewisses Unternehmen, dessen erzwungener Produktrückruf eine gewisse Krise entfacht hat, die eine gewisse Maya zur Brust der Nation und mich zum Lügner des Jahres gemacht hat, will dein Gesicht für ihre neue Werbeoffensive. Die Aufnahmen sollen morgen stattfinden.«

Es klang, als hätte er es eingefädelt.

»Was bekomme ich?«

»Viel.«

»Ich mach's.«

Das war tatsächlich leicht verdientes Geld. Vor allem gab es mir einen Grund, Madame Gazelles Hofstaat zu verlassen. Sie hatte mir drei schöne Stunden unter Sternen geschenkt. Dafür war ich ihr dankbar. Aber sie betrachtete mich wie ein Kuriosum, dem der Weg zum Glück gezeigt werden musste. Das Glück aber, das Madame Gazelle meinte, war das Glück, von dem man bei einem Lotteriegewinn sprach. Ich wollte ein anderes Glück. Das Glück, das es manchmal gab, das immer wieder aufblitzte, das man meist erst im Nachhinein sah. Diese Erkenntnis war Glück. Ich fühlte mich beschwingt, getragen. Ich wollte mich nicht mehr verstecken.

46

»Kinder«, rief Madame Gazelle und klatschte, »Besuch!«

Sie kam in einem bodenlangen, hautengen orangen Kleid aus der Villa und zog einen Mann in schlichtem blauen Anzug hinter sich her. Er trug eine schwarze Sonnenbrille und sah wie ein Manager auf Kurzurlaub aus. Er ging über dasselbe Gras, über das ich gegangen war. Es war Insomniac.

Ich war im Bikini. Ich bemerkte, wie ich meinen Bauch einzog, der Clarissa zufolge höchstens ein Ansatz war, Peter bemühte sich um ein Lächeln. Madame Gazelle und Insomniac kamen lachend auf uns zu, ihre Assistentin folgte in gebührendem Abstand.

»Voilà«, sagte Madame Gazelle, als sie am Pool angekommen waren.

»Maya!«, rief Insomniac und breitete die Arme aus, »Maya, die Heldin!«

Ich erhob mich von meiner Liege. Ich wusste nicht, was ich tun sollte. Ich konnte nicht glauben, was ich sah. Vor mir stand Insomniac, wie ich ihn auf keinem Bild noch gesehen hatte. Ich hatte ihn mir auch nicht so groß vorgestellt. Ich hätte mir nicht einmal vorzustellen gewagt, Insomniac zu treffen.

»Darf ich dich umarmen?«

»Ich bin ganz nass.«

»Mir ist heiß.«

Insomniac umarmte mich. Insomniac drückte mich leicht an sich. Insomniac ließ mich aus der Umarmung und betrachtete mich neugierig. Insomniac nahm seine Sonnenbrille ab und schüttelte den Kopf.

»Du bist eine verdammt mutige Frau, Maya. Ich habe um Luft gerungen, als ich das Video sah. Das war magisch. So viel Elend und so viel Liebe.«

Madame Gazelles Assistentin fotografierte. Ich wollte so nicht fotografiert werden, traute mich aber nicht, es zu sagen. Ich griff nach einem weißen Handtuch mit goldenem *MG*-Prägedruck und wickelte es um mich.

»Und du bist Mia?«, fragte Insomniac und beugte sich zu ihr. »Gib mir fünf!«

Insomniac streckte seine riesige Hand aus, Mia strahlte und patschte ihr Händchen dagegen. Er tat so, als schmerzte ihn seine Hand schrecklich, verzog das Gesicht und winselte kläglich.

»Noch«, sagte Mia.

Und ich sah, wie meine Tochter zum zweiten Mal mit Insomniac einschlug, der noch immer vor ihr kniete; diesmal ließ er sich nach Mias Schlag nach hinten auf den Rasen fallen. Er jammerte, hielt sich die Hand. Das sei zu fest, winselte er, das sei viel zu fest für ihn. Mia sah unbeschreiblich glücklich aus.

»Hey, Maya, was ist? Weine nicht um mich«, sagte Insomniac, zwinkerte Mia zu und rappelte sich schwerfällig auf, »es tut schon nicht mehr so weh. Aua!«

Mia quietschte vergnügt, Insomniac schloss mich in die Arme. Kurz meinte ich, mich schämen zu müssen, aber ich hatte nicht die Kraft dazu. Es war, als käme alles auf einmal aus mir. So viel Elend, so viel Liebe. Insomniac strich mir über den Rücken, Mia lächelte mich an. Ich schloss die Augen und ließ meinen Kopf auf Insomniacs Schulter sinken. Er roch gut.

Auf einmal musste ich lauthals lachen. Ich befreite mich aus seiner Umarmung, Insomniac trat verdattert zurück. Ich bekam kaum Luft. Etwas lachte aus mir. Madame Gazelle sah mich missbilligend, Peter besorgt an. Nur Mia lachte. Sie lachte, weil ihre Mama lachte. Sie lachte, weil sich der lustige große Mann wieder vor sie kniete, der lustige große Mann, dessen Raps über das harte Leben in den gesetzlosen Vorstädten der Metropolen in diesem Augenblick Millionen von Menschen hörten, während Millionen von jungen Frauen davon träumten, wie jene Frau im hautengen orangen Kleid zu werden, die gerade ihrer Assistentin etwas zuflüsterte, die jene Fotos und Videos machte, deretwegen Millionen von jungen Frauen von einem Leben wie Madame Gazelles träumten. Und der Mann, der gerade dabei war, seine Frau zu verlieren, weil er seinem Sohn heimlich meine Milch zu trinken gegeben hatte, fragte sich anscheinend, ob ich in diesem Augenblick verrückt würde. Und Mia stemmte beide Fäustchen gegen Insomniacs Brust, der in Zeitlupe nach hinten auf den Rasen fiel und hemmungslos schluchzte.

»Wir machen jetzt eine kleine Spritztour«, sagte Insomniac. Er griff in seine Sakkotasche und drückte mir einen Schlüssel in die Hand. »Das ist deiner.«

47

Es war kein Auto; es war eine rollende Festung. Metall und Leder, wohin man blickte. Alles funkelte, alles war perfekt und elegant verbaut, ich saß hoch und ungemein bequem, vorne auf der Haube thronte die schwarze Galionsfigur, die beim Starten automatisch hochfuhr und beim Verschließen der Türen wieder in der Versenkung verschwand, damit kein Jugendlicher, wie Insomniac einer gewesen war, sie als Beute davontragen konnte. Die Fußmatten waren aus Lammwolle, über uns bildeten unzählige LED-Leuchten jene Sternenkonstellation nach, die man über der Fabrik sehen konnte, in der dieses Gefährt hergestellt wurde.

Insomniac zeigte mir alles. Seine Augen leuchteten wie die eines kleinen Buben zu Weihnachten. Nachdem ich Mia in den ledernen Kindersitz gesetzt hatte, an den er auch gedacht hatte, hatte Insomniac einen Knopf gedrückt, aus der Rückseite des Fahrersitzes war ein Tischchen gekommen, über dem ein Bildschirm ausgeklappt worden war. Dasselbe gab es auch an der Rückseite des Beifahrersitzes. Extras, die Insomniac hatte einbauen lassen, sollte ich weiteren Nachwuchs bekommen. Solange es kein Hochgeschwindigkeitszug sei, meinte er, überlebten wir in diesem Wagen jeden Unfall.

Wir befanden uns auf einer langen, unbefahrenen Straße.

»Steig mal aufs Gas«, sagte Insomniac.

Ich trat aufs Pedal, das Auto schoss davon.

»Sechshundert Pferde«, sagte er. »Falls du einmal jemandem entkommen musst. Hörst du das?«

Ich hörte nichts. Kein Straßengeräusch, keinen Motor.

»Eben«, sagte er, »bleibt alles draußen. Schau mal.«

Er zog an dem Haltegriff über der Beifahrertür.

»Leder und Metall. Ich könnte einen Klimmzug machen.«

Er wirkte wie ein Testfahrer, der sich ein solches Auto zwar nicht leisten kann, es aber denen begeistert vorführt, die es sich leisten können. Der erste SUV, den Rolls-Royce jemals gebaut habe, XUV, er habe vergessen, wofür das X stehe, alles von Menschen in England hergestellt, daher auch nicht ganz günstig. Und während Insomniac von einer Anlage sprach, die mit der Zeit nichts an Wert verliere, sondern zulege, vor allem weil nicht viele Stücke produziert würden und noch viel weniger mit allen Spielereien und Extras, musste ich daran denken, dass man auf den geräuschlos aus den Rücksitzen fahrenden Bildschirmen jederzeit Insomniac beim Sex mit Madame Gazelle sehen konnte.

Ich hatte das Video nie gesehen. Mein damaliger Freund hatte es unbedingt mit mir anschauen wollen. Insomniac habe einen sehr Großen, und Madame Gazelle, die damals noch Gazelle geheißen hatte, anfangs große Schwierigkeiten – das musste vor sieben Jahren gewesen sein. Insomniac war bereits weltberühmt, Madame Gazelle wurde es mit diesem Video. Nun schien niemand mehr darüber zu reden, zumindest war es nicht das Erste, woran man dachte, wenn man Madame Gazelle sah. Auch ich hatte bis jetzt nicht daran gedacht. Madame Gazelle und Insomniac waren mir wie alte Kumpel vorgekommen.

»Fahr auf den Parkplatz da vorn«, sagte Insomniac, »ich muss dir was zeigen.«

Ich sah unsere Wertanlage auf den Parkplatz rollen. Ich sah jeden Baum, jeden Strauch, sogar die beiden zerdrückten Plastikflaschen, die im abgetretenen Gras lagen.

»Aussteigen!«

Ich stand mit Mia auf dem Arm vor dem Kofferraum. Insomniac strahlte, als er ihn mit einem Knopfdruck öffnete. Er drückte auf einen anderen Knopf, die Verkleidung öffnete sich, zwei gelbe Teller kamen zum Vorschein, die wie Klodeckel aussahen, zwischen ihnen ein flaches schwarzes Tischchen. Insomniac klappte die gelben Teller auf. Es waren Sitze.

»Ich Idiot hab das Picknick vergessen!«

Er nahm mir Mia ab und setzte sie auf das schwarze Tischchen.

»Schau schnell.«

Er öffnete die Hintertür und drückte einen Knopf an der Seitenwand. Aus einem Loch, das wie ein Tankloch aussah, kam ein langer Regenschirm.

»Falls du Sonnenschutz brauchst, halte ich ihn für dich.«

Einzig die Hintertür ärgerte ihn. Man musste sie per Knopfdruck schließen, konnte sie aber nur manuell öffnen, noch dazu in die andere Richtung als üblich. Auf einmal lachte er. Es sei goldrichtig.

Er deutete auf Mia. Ein Kind bekomme diese schwere Tür unmöglich auf.

Auf den gelben Sitzen blickten wir aufs Land. Bäume und Wälder und Wiesen, alles war grün. Hoch über uns zog ein Flugzeug vorüber. Insomniac erzählte Mia von einer schwarzen Katze. In dieser Geschichte war er die Katze, die unter einem blauen Auto wohnte und Mias Freundin war, weil sie beide dasselbe liebten: Milch, spielen und schlafen. Mia war begeistert, sie wollte alles über die schwarze Katze wissen. Sie hatte noch nie gefragt, warum sie keinen Vater hatte. Ich hatte keine Ahnung, was ich darauf antworten sollte. Ihr die Wahrheit sagen? Dass er sie nicht gewollt hatte? Dass er mit mir kein Kind gewollt hatte? Oder nicht die Wahrheit? Was dann?

»Ich kann das nicht annehmen«, sagte ich.

»Willst du mich beleidigen? Das ist ein Geschenk. Es kommt von Herzen.«

Ich sah seine Freude. Es war sinnlos, ihm zu widersprechen. Er wusste ja nicht, dass ich nicht einmal eine Garage hatte.

»Ich weiß, was du denkst«, sagte er. »Niemand hat das verdient. So gesehen hast gerade du es verdient.«

Er piekste Mia in die Seite.

»Ihr habt das verdient. Die Versicherung übernehme ich.«

48

Bei unserer Rückkehr lachte Mia und schrie nach mehr. Insomniac hielt sie an der einen, ich an der anderen Hand. Wir ließen sie fliegen. Ich konnte nicht mehr, ich war mit meinen Kräften am Ende, am liebsten wäre ich stundenlang auf den gelben Klodeckeln sitzen geblieben, aber Insomniac hatte ebenfalls noch nicht genug. Ein ums andere Mal rief er mit heller Stimme *Englein, Englein, flieg!*, und ich wusste, dass ich das nie vergessen, dass ich dieses helle *Englein, Englein, flieg!* von nun an immer im Ohr hätte, sobald ich einen seiner Songs hörte.

Madame Gazelle und Peter saßen auf Sonnenliegen am Pool, sie in einem äußerst knappen gelben Bikini, er in der hellen Leinenhose und dem blauen Hemd vom Vortag. Sie wirkten aufgescheucht, als sie uns bemerkten. Madame Gazelle sagte etwas, Peter überlegte einen Moment lang, ehe er schnell aufstand und ihr feierlich die Hand entgegenstreckte. Madame Gazelle schüttelte sie.

Mich begrüßte Peter knapp. Er fragte weder nach dem Auto noch nach unserem Ausflug. Er war abwesend und abweisend, vielleicht hätte ich ihn fragen sollen, ob er mitkommen wolle, aber ich hatte einmal ohne ihn sein wollen. Er musste in sein Zimmer, um zu schreiben. Peter lächelte Madame Gazelle zu, sie erhob ihr Glas. Seines war leer. Es sah nicht mehr danach aus, als stieße ihn dieser plumpe Reichtum ab.

Von Insomniac ließ sich Mia anstandslos in den Pool locken. Er stand im Wasser, sehr muskulös und sehr tätowiert, und streckte seine großen Hände aus. Mia war auf der obersten Stufe stehengeblieben, nun stieg sie stolz eine und noch eine hinunter, vertraute dem bislang unheimlichen Element und fasste Insomniacs Hände. Er zog sie zu sich, er zog sie durchs Wasser, »mehr!«, rief Mia, »schneller!«, er blieb stehen und drehte sie immer schneller im Kreis. Ob sie auf seinem Rücken schwimmen wolle, auf ihrem eigenen Boot fahren? Mia wollte.

Meine Tochter lag flach auf dem Rücken eines der größten Rapper aller Zeiten, die kleinen Ärmchen um seinen tätowierten Nacken geschlungen. Sie lachte, während er immer weitere Kreise mit ihr zog. Ich lachte, um nicht zu weinen.

49

Jammerschade, sagte Madame Gazelle vorm Abendessen, dass wir morgen schon abreisen müssten.

Aber Geschäft war Geschäft, das sah sie nicht nur ein, das begrüßte sie. Für sie war es natürlich keine Ironie der Geschichte, dass ausgerechnet ich zum Gesicht des Babymilchpulvers werden sollte, sondern logisch. Sie hob ihr Glas. Auf dem Babyphone neben ihrem Teller konnte sie das Kindermädchen beobachten, das bei ihrer schlafenden Tochter war.

»Auf Maya! Werde, was du bist: der Unterschied!«

Beim Essen redete Insomniac beinahe ausschließlich mit mir. Er wollte wissen, wie das war mit meiner Basketballkarriere, wer meine Vorbilder gewesen waren. Er wollte wissen, in welche Schule ich gegangen war, wie meine Nachbarschaft ausgesehen hatte, wann ich bemerkt hatte, anders als die anderen zu sein. Es klang weder nach Verhör noch nach Interview. Insomniac wollte etwas über mich erfahren.

Ich spürte, wie gern ich mich an Geschichten erinnerte, an die ich lange nicht mehr gedacht und die ich noch länger niemandem erzählt hatte. Süß sei sie, unglaublich süß, sagte er und blödelte mit Mia weiter, die auf einem hölzernen Hochstuhl neben mir saß und über seine Albernheiten lachte, auch wenn sie mir nicht sonderlich ähnlich sähe. Ihm, fügte er hinzu, allerdings auch nicht. Einen

Moment lang war ich verwirrt. In diesem Fall, sagte ich, sei ich beruhigt. Und wünschte mich an einen Ort, an dem nicht jeder wusste, wie der leibliche Vater meiner Tochter aussah.

Madame Gazelle sprach angeregt mit Peter, den sie gestern noch wie einen Pappkameraden behandelt hatte. Sie fragte ihn nach seinem Schreiben. Wann er schreibe, wie, ob er Rituale brauche, Ruhe oder Musik. Sie hatte einiges von ihm gelesen. Sie fragte, wie er ein Gefühl für eine Person, zum Beispiel für Clarissa, entwickle, ob er sich in den aus seinem Land geflohenen Scharfrichter, den er porträtiert hatte, hineinversetzt habe. Peter trank Rotwein, weniger und langsamer als am Vorabend. Ich sah, wie er die Aufmerksamkeit der Frau genoss, die alles gekauft hatte, was man haben musste. Ich hörte die beiden immer wieder lachen. Sie komme leider viel zu wenig zum Lesen, sagte Madame Gazelle, man würde es nicht glauben, aber als Mädchen, noch als Jugendliche, sei sie eine Bücherratte gewesen, Stammgast in den Bibliotheken unfreiwillig gewechselter Schulen, wobei sie immer das gelesen habe, was sie nicht hätte lesen sollen.

»Du schreibst gut«, sagte Madame Gazelle, »manchmal etwas prätentiös.«

Sie strahlte ihr schönstes Madame-Gazelle-Strahlen.

»Prätentiös?«

Es klang, als könnte Peter nicht glauben, dieses Wort aus ihrem Mund gehört zu haben. Er schien es selbst zu bemerken, zog die Schultern hoch und drehte seine Handflächen nach außen. Insomniac lehnte sich lächelnd zurück. Er hatte mir von seinem Vater erzählt, der ihm als Kind zum Geburtstag einen Stein versprochen hatte, damit er sich seine Träume aus dem Kopf schlagen könnte.

»Weil man einen Satz dreimal lesen muss«, sagte Madame Gazelle lächelnd, »um danach stolz darauf zu sein, ihn verstanden zu haben.«

Peter zog die Brauen hoch, Madame Gazelle lachte.

»Manchmal, ich sagte auch nur: manchmal.«

Peter nahm einen Schluck Wein und hob sein Glas. Er klopfte mit einem kleinen Messer dagegen.

»Und er versprach hoch und heilig, nie wieder prätentiös zu schreiben. Fortan sollten alle, die lesen konnten, ihn verstehen.«

Nach dem Essen ließ er es sich nicht nehmen, Mia und mich in unser Apartment zu begleiten. Er wollte gleich wieder zurück sein, aber nicht für lange, er müsse ja noch *unprätentiös* schreiben. Müssen, erwiderte Madame Gazelle, sei immer schlecht, Wollen viel besser. Beim Verlassen der Villa bat Peter den Kellner um eine Flasche Wein.

»Kinder!«, rief er kurz vor unserer Tür und klatschte: »Besuch! Überraschung! Überraschungen, wohin man sieht! Man muss nur in Kims Gesicht sehen, wenn sie einmal zu sehen und nicht bei einem der Kindermädchen ist, um zu wissen, wer ihr Vater, der große Unbekannte, ist.«

Ich fand nicht, dass Kim Insomniac sonderlich ähnlich sah, zumal er sich kaum mit ihr beschäftigt hatte. Ich wollte Mia ins Bett bringen, um allein ein paar Stunden unter den Sternen verbringen zu können. Ich schlief mit ihr ein.

50

Eine alleinerziehende Mutter dürfe, müsse erschöpft sein, sagte ich, als Peter zum wiederholten Male meinte, er könne übernehmen, ich solle mich ausruhen, es sei nicht die beste Idee, acht Stunden hinterm Steuer zu sitzen, um dann in ein Fotoshooting zu gehen.

Etwas an ihm war anders. Er war leichter. Vielleicht glaubte er sich selbst, dass ihm kein Gericht der Welt Benjamin wegnehmen würde, nur weil er sich um sein Wohlergehen gesorgt und ihm deshalb heimlich die Milch einer anderen Frau gegeben habe. Und sollte Esther sich scheiden lassen, müsste sie sehen, wie sie, die so leicht Überforderte, es mit Benjamin an den Tagen hinbekäme, an denen sie allein mit ihm wäre. Aber dazu würde es nicht kommen. Er schrieb keinen Brief mehr. Jetzt schrieb er eine Geschichte über seine Geheimnisse und Lügen, schonungslos und ehrlich, wie er von nun an insgesamt durchs Leben gehen wollte.

Die schwarze Festung rollte geräuschlos über die Straßen; außer den bewundernden Blicken anderer Fahrer drang nichts zu uns. Ich wollte sie genießen, solange ich sie hatte. Ich brauchte sie nicht, man musste ständig darauf aufpassen; das sah ich allein an meinem Beifahrer, der sich nichts sehnlicher zu wünschen schien, als mein neues Auto zu fahren, sich aber alle Augenblicke nach hinten drehen und den Schnuller aufheben musste, den Mia ausgespuckt hatte, um sich gleich danach bitterlich darüber zu beklagen.

Er sei nicht nur mein Sekretär, sagte Peter, mittlerweile sei er obendrein Mias Butler. Als mein Sekretär sei es sogar seine Pflicht, mich zu fahren.

Mia lachte und zappelte. Das Auto erinnerte sie an den lustigen großen Mann, den man, wenn sie alt genug wäre, um einen eigenen Musikgeschmack zu entwickeln, nur noch eine Legende nennen würde. Insomniac hatte die letzte Nacht in Madame Gazelles Reich verbracht. Ich hatte nicht gesehen, wo er geschlafen hatte; die Vorstellung, es könnte bei Madame Gazelle sein, hatte mir nicht behagt.

Eine alleinerziehende Mutter, sagte Peter, dürfe, müsse sich auch einmal ausruhen.

Das Navigationssystem zeigte vier Stunden bis zum Ziel an, Mia ließ grinsend ihren Schnuller aus dem Mund fallen und brüllte verzweifelt danach. Mein Kind konnte keinen Moment still sein. Ich hielt auch die Kinderlieder nicht mehr aus, die ich ständig mit ihr hören musste und die wir auch jetzt hören mussten, das Wort *Ohrwurm* hatte ich in meinem früheren Leben nicht ansatzweise verstanden. Aber ich schaffte *das alles*.

»Hör mal zu«, sagte ich, »ich habe dieses Auto seit einem Tag, du hast auch gestern viel zu viel getrunken, bist reizbar und irgendwie komisch, was ich in deiner Situation verstehen kann, aber jetzt und so lasse ich dich dieses Geschoss nicht fahren.«

Peter beugte sich nach hinten, um Mias Schnuller vom Boden aufzulesen.

»Ich bin überhaupt nicht reizbar«, sagte er, »im Gegenteil, ich bin beschwingt. Du bist reizbar und komisch mit deiner schwarzen Sonnenbrille und deinem Überlegenheitsgefühl in diesem sündteuren Wagen, den dir ein Mann geschenkt hat, der sich Insomniac nennt und seit Jahrzehnten keine schlaflose Nacht hatte – und nicht nur, weil er jede Nacht bekifft zu Bett geht.«

Ich musste lachen. Peter hatte recht. Ich hätte mich gern auf dem Beifahrersitz zurückgelehnt, aber ich konnte ihn nicht fahren lassen. Er hätte nicht so viel saufen sollen; ich hatte es ihm gesagt. Er war tatsächlich beschwingt.

Die Verabschiedung war herzlich gewesen und Madame Gazelle vielleicht auch erleichtert, uns wieder aus dem Haus zu haben. Insomniac war abgefahren, bevor wir in die Villa gekommen waren. Er hatte mir eine Karte in einem Kuvert hinterlassen. Er habe sich sehr gefreut, mich kennenzulernen, und würde sich sehr über ein Wiedersehen freuen. Viel Spaß mit dem neuen Wagen! Madame Gazelle hatte Peter zum Abschied etwas ins Ohr geflüstert. Es hatte nicht danach ausgesehen, als hielte sie ihn immer noch bloß für mein Anhängsel.

»Warum hast du ihr so feierlich die Hand gereicht?«

»Wem?«

Peter grinste.

»Der Königin!«

»Eine Wette.«

»Was habt ihr gewettet?«

»Dass du Insomniac heiratest.«

Er hatte ihn von Anfang an nicht leiden können. Für Peter war Insomniac ein halber Analphabet, der meinte, sich alles herausnehmen zu dürfen.

»Hast du ihr feierlich versprochen, über etwas am Pool Vorgefallenes ganz besonders nicht zu schreiben?«

Peter schlanlzte mit der Zunge.

»*Das* kannst du dir nicht vorstellen. Bin ja bloß dein Sekretär.«

Ich blickte ihn an.

»Im Ernst?«

»Ich bin ja nicht Insomniac«, sagte Peter und erzählte davon, wie er sich einen Aperol Spritz verdient habe.

51

»Ich bin Richtung Pool unterwegs, ohne es zu bemerken, als ich Madame Gazelle *Paul* rufen höre. Ich im Schatten einer großen Pinie, als beobachtete ich sie heimlich im Bikini auf einer Sonnenliege – wobei *beobachten* in diesem Zusammenhang ein äußerst neutral gewähltes Wort ist. Sie ruft noch einmal *Paul* und winkt in meine Richtung.

Ich drehe mich um; niemand zu sehen. Es ist nicht zu fassen. Peter, sage ich, als ich auf Madame Gazelle zugehe, ich heiße immer noch Peter. Verwechselt sie immer, Peter und Paul. Sie war ja als kleines Mädchen in der Kirche. Peter hat sie gegründet, Paul seinen Kopf verloren. Peter hat den Schlüssel, Paul das Schwert. Welchen Schlüssel ich verloren habe? Dabei blickt sie mich so selbstverständlich an, dass ich grinsen muss. Peter oder Paul oder Rufus – nebensächlich: Mayas Sekretär. Ein sehr bekannter Journalist, ihr Hohlköpfe! Vielleicht darf man ja nicht über sie berichten, weil sie sich keine Namen merken kann.

Sie deutet auf die Sonnenliege gegenüber, ich nehme artig Platz. Unglaublich, dass sie vor einigen Monaten ein Kind zur Welt gebracht hat. Man sieht kaum etwas, im Grunde nichts davon. Mariella, die Leihmutter, deine Ex-Kollegin, fällt mir ein. Nein. Ich sehe Dutzende von Fotos vor mir, Madame Gazelle schwanger, leicht schwanger, hochschwanger. Kann man auch nachhelfen. Egal. Bin ja kein Klatschschreiber.

Du schleichst wie ein Geist herum, sagt Madame Gazelle. Bist du hungrig? Brauchst du eine Massage? Willst du dich ins Kino setzen? Schwimmen? Welchen Schlüssel sucht Peter?

Den zur Besänftigung seiner Frau.

Erzähl, sagt sie. Könntest du mir den Rücken einölen? Ich komm da nicht hin. Bitte.

Hätte sie nicht *Bitte* gesagt, sage ich mir und bemerke, dass ich eigentlich mit Esther spreche, was ich sofort abstellen muss, weil sich Madame Gazelle auf den Bauch legt und ich nach ihrem Sonnenöl greife. Es ist ganz normal, sage ich mir, als Madame Gazelles Finger den Verschluss ihres Oberteils öffnen und sie die Arme neben ihrem Kopf ausstreckt, es hat nichts zu bedeuten, niemand kann sich selbst den Rücken einölen.

Ich hasse es, wenn der Stoff ölig ist, sagt sie. Frag mich nicht, wieso.

Ich frage sie nicht. Ich stehe gebückt neben der Sonnenliege und träufele etwas Öl auf Madame Gazelles Schultern. *Ich - träufele - etwas - Öl - auf - Madame - Gazelles - Schultern!* Und verreibe es mit meiner Rechten behutsam auf ihren Schulterblättern.

Mit beiden Händen bitte, sagt sie. Und nicht wie ein Priester.

Ich öle Madame Gazelles Rücken mit beiden Händen und wie ein Priester ein, sie seufzt leise, und ich sehe, es ärgert mich maßlos, *einmal* im Moment sein können!, ich sehe mich von außen, Knie gebeugt, Rücken krumm, wie ich Madame Gazelles entzückenden Rücken einöle und versuche, ihre Brüste nicht zu berühren und nicht ständig auf ihren beeindruckenden Hintern zu schauen und in allererster Linie nicht daran zu denken, auf keinen Fall auch nur den leisesten Anflug einer Erektion bekommen zu dürfen, was natürlich der absolut falsche Gedanke ist, wenn ich Madame Gazelle einigermaßen zusammenhängend die Geschichte erzählen soll, die zu meinem Rauswurf von Zuhause geführt hat. Und selbst wenn sie auch nur ein Mensch ist, was das Dümmste und Einfältigste ist, was man sagen kann, ist es unglaublich, dass ich Madame Gazelles Rücken einöle – und es über alle Maßen genieße.

Ich tue das nämlich schon viel länger als nötig. Immerhin bin ich mit meiner Geschichte noch nicht fertig. Ja, ich versuche, ruhig zu atmen, und ja, ich hätte fast alles auf der Welt gegeben – aber meine Rolle ist die des Einölers, der einen Schlüssel verloren hat. Ich bin nicht Insomniac. Außerdem habe ich noch ein Restchen Würde in mir. *Wenn ich zurückkomme, seid ihr weg.* Ich bin bei Esthers letzten Worten angelangt und setze mich auf die Liege gegenüber. Ich hätte es genauso gemacht wie du, sagt Madame Gazelle. Ich verstehe nicht, warum so viele gebildete Frauen so schwierig sind. Darum stehst du ja auf Maya.

Ich steh nicht auf Maya«, sagte Peter und hielt inne. Er hatte vergessen, dass ich neben ihm am Steuer saß. Ich fragte ihn, was sie geantwortet habe. Auf einmal war er nicht mehr so redselig. Ich bestand darauf.

»Und ich bin nicht Madame Gazelle.«

Ich glaubte ihm die Geschichte. Ich glaubte nur nicht, dass er ihretwegen Madame Gazelle so feierlich die Hand gereicht hatte.

52

Ich hatte Madame Gazelle im Auto Königin genannt, nun wurde ich wie eine behandelt. Alle lachten über meinen Scherz, ich wäre acht Stunden lang gefahren, um dem Bild der alleinerziehenden Mutter gerecht zu werden. Und alle, die für die neue Werbekampagne in der alten Fabrikhalle zusammengekommen waren, baten höflich um ein Selfie mit mir.

Die Chefin umarmte mich und wiederholte mehrmals, wie glücklich und geehrt sie über meine Zusage sei. Zwar lieferten die laufenden Untersuchungen keinen Anhaltspunkt, dass das kontaminierte Milchpulver am Tod der drei Kinder schuld gewesen sei, aber etwas bleibe immer hängen. Die letzten Wochen seien die Hölle gewesen, selbstverständlich vor allem für hungrige Kinder und ihre Eltern, aber jetzt, mit mir, der strahlenden Heldin, der Frau, die uns trotz allem ans Gute im Menschen glauben lasse, sei nicht nur die Milch für alle zurück, sondern gleichzeitig die Erinnerung daran, dass sich Krisen gemeinsam meistern ließen. Eine Sauerei, mich für meine Selbstlosigkeit und meinen Mut zu feuern.

»Warum Mut?«

»Weil du nicht wissen konntest, wie diese wildgewordenen Kommunisten da draußen auf dich reagieren. Die hätten dich auch entführen können, um deine Milch zu verteilen.«

Das war eine Möglichkeit. Aber sie war in etwa so wahrscheinlich wie die Möglichkeit, dass Peters ehrliche Geschichte Esther von der Richtigkeit seines Handelns überzeugte. In der Maske sah es nicht danach aus, als wollte man eine erschöpfte Alleinerzieherin für die Kampagne. Nach einer knappen halben Stunde, in der ich mit Fragen nach Madame Gazelle und meinem neuen Wagen überhäuft worden war, fühlte ich mich tatsächlich müde, sah aber ungemein frisch aus.

Alles ganz einfach, sagte die Fotografin, nachdem sie mein Aussehen mehrere Male phantastisch genannt hatte, ich müsse nur ihren Anweisungen folgen, spätestens in einer halben Stunde wären wir mit den Fotos fertig.

Ich hatte mich in einem großen, hohen Raum vor eine weiße Leinwand zu stellen, vor der ein paar schwarze Ständer mit Schirmen die Blitze auffangen oder ableiten sollten – so genau hatte ich es nicht verstanden, weil Mia am anderen Ende des Raumes zu schreien begonnen hatte. Peter wollte sie hochheben; Mia wehrte sich verbissen und schrie noch lauter. Er setzte sie wieder auf dem Boden ab, trat ein paar Schritte zur Seite und blähte die Backen.

Ich musste zu ihr. Da gab es nichts zu verhandeln. Mia war knallrot im Gesicht, sie schrie »Mama«, »Mamaaa«, ich setzte mich neben sie auf die Matte und nahm sie in den Arm. Ich sei gleich wieder bei ihr, flüsterte ich ihr ins Ohr, es dauere nicht lang, Mama müsse noch ein paar Fotos machen, dann kaufe sie ihr einen schönen, großen Tiger.

»Tiger!«, rief Mia und strahlte, »Tigertigertiger!«

»Kann ich hier irgendwo einen Stofftiger kaufen?«, fragte Peter.

»Ich fürchte nein«, sagte die Chefin der Werbeabteilung.

»Zuerst die Fotos, dann der Tiger«, sagte ich zu Mia, aber in erster Linie zu mir selbst. »So machen wir das, Mia, ja?«

»Tiger«, sagte Mia, »Tiger.«

Kaum hatte die Fotografin zu fotografieren begonnen, heulte Mia auf. Die Chefin fuhr zusammen. Peter näherte sich Mia, er strahlte, als wäre er eben für seine neue Ehrlichkeit ausgezeichnet worden, ging in die Knie, streckte seine flache Hand aus und forderte Mia auf, mit ihm einzuschlagen. »Aber bitte nicht zu fest«, flehte er, »nicht zu fest, sonst falle ich um. Sonst falle ich nach hinten, auf meinen Rücken, also bitte, bitte nicht einschlagen.« Es nützte nichts. Er war nicht Insomniac. Mia ignorierte ihn und brüllte nach mir.

»Wollen wir spazieren gehen?«, fragte Peter. »Ich habe draußen Hunde gesehen - und Katzen, viele Katzen.«

»Nein!«, brüllte Mia, »Mama! Mamaaa!«

Die Fotografin ließ die Kamera sinken und lächelte eisern weiter.

»Wir können die Fotos auch mit Mia machen«, sagte die Chefin.

»Auf keinen Fall«, sagte ich.

Eine Zeitlang war es still, nur Mia brüllte. Ein Assistent kam mit einem Tablet zu mir. Er fragte mich, was sie gern anschaue. Ich rief das Video mit dem lustigen Traktor auf, der an den Behausungen verschiedener Tiere vorbeifährt, die auf sein

Hupen hin ihre Behausungen verlassen, um sich zu zeigen.

»Wie lange?«, fragte er.

»Endlosschleife.«

Als er das Tablet vor Mia abstellte, wurde sie augenblicklich ruhig. Sie sah weder mich noch Peter noch den Assistenten, sie sah nur den lustigen Zeichentricktraktor und hörte nur das Lied, in dem vor jeder Behausung gefragt wurde, wer in ihr wohne. Ich folgte den Anweisungen der Fotografin, blickte in diese Richtung und in jene, die Blitze wurden von den Schirmen auf den Ständern aufgefangen oder abgeleitet, ich dachte an die Sterne in Madame Gazelles Park, um einen ruhigen Blick zu bekommen, an das Meer und Dario Madabos Zwillinge, um den Wunsch nach der besten Milch zu verspüren, und an das Geld, das ich dafür bekam, mich fotografieren zu lassen. Als Mia lauthals »Bär« schrie, musste ich lachen.

»Perfekt«, sagte die Fotografin, »das war's. Willst du dich vor dem Video ausruhen?«

Ich wollte nicht. Wenn Mia zu lange schaute, wurde sie richtig verrückt.

53

Auf der Rückfahrt am nächsten Tag lachten wir. Peter durfte endlich die geilste Karre fahren, die er jemals in seinem Leben gefahren war, auch wenn das, wie er sich nicht verkneifen konnte, eher nach Insomniac klang. Mia hielt einen riesigen Stofftiger umschlungen; er war größer als sie. Sie jauchzte und klatschte, sie ließ sich mit Begeisterung von unserer Stimmung mitreißen. Wir lachten wie Ganoven nach einem Bankraub, die Unsummen gestohlen hatten, ohne jemandem wehgetan zu haben.

Die beste Milch nach meiner, hatte ich für das Video sagen müssen. Ich hatte *beste* nicht betonen sollen, *meiner* aber auch nicht, *Milch* schon gar nicht, *Die* konnte ich nicht und *nach* durfte ich nicht betonen. Eine gute Stunde lang hatte ich diese fünf Worte wiederholt, bis mir jedes einzelne davon höchst merkwürdig vorgekommen war. »Ganz normal«, hatte die Chefin ein ums andere Mal gesagt, ich solle den Satz einfach ganz normal sprechen – auf dem Beifahrersitz machte ich nach, wie sie es ruhig, wie sie es geduldig, wie sie es leicht genervt gesagt hatte, nur um sofort wieder ihr Lächeln aufzusetzen. Peter lachte so befreit, dass er meinte, wenn ein Unglück auf der Straße passiere, dann nicht, weil er am Vorabend zu viel getrunken habe oder gereizt sei, sondern weil ich irgendwie unfassbar komisch sei.

Es war seltsam, mit der schwarzen Festung in mein Viertel zu rollen. Menschen drehten sich auf der Straße nach ihr um, Jugendliche blieben ehrerbietig stehen, es war, als zeigten die neuen Drogenbosse, dass das Viertel von nun an ihnen gehörte. Man sah uns nicht durch die getönten Scheiben. Vor dem Haus, in dem ich wohnte, war alles wie vor meinem Mittelfinger und vor meiner Entlassung. Madame Gazelle hatte meinen Abschied noch nicht mit der Welt geteilt.

Wir brachten Peter zu einem Hotel, in dem er an seiner Geschichte schreiben wollte. Alles über das Haus und die Milch, seine Verquickungen mit mir und seiner Frau und seinem Sohn, schonungslos, ehrlich, aber, wie Madame Gazelle gesagt hatte, für *einen* Menschen geschrieben. Esther sollte den Text zuerst bekommen. Wenn er sich alles, sagte Peter, alles in seinem Leben hätte vorstellen können, niemals hätte er sich vorstellen können, dass ausgerechnet Madame Gazelle eines Tages kritisch über seine Texte sprechen und ihm den Schlüssel zur wichtigsten Geschichte seines Lebens reichen würde. Er wusste nicht, wie lange er in dem Hotel bleiben würde. Er war nicht mehr beschwingt, als er ausstieg. Er wollte nach Hause. Er wollte Milchpulver für Benjamin kaufen und sehen, wie es ihm schmeckte.

»Du warst ein guter Berater«, sagte ich.

»Ich bleibe ein guter Berater«, sagte er. »Kümmere dich um dein Profil und gib mir Bescheid, bevor du der Welt etwas mitteilst. Dein Mund ist noch immer weit aufgesperrt. Alle warten auf etwas Starkes.«

54

Mit Mia auf dem Arm, meiner Sporttasche über der Schulter und dem Schwanz des riesigen Stofftigers in der freien Hand sperrte ich unsere Wohnung auf. Sie kam mir noch kleiner vor, als sie ohnehin war. Das machte nichts. Wir waren zu Hause.

Unsere Wertanlage hatte ich in einer Privatgarage geparkt; das würde teuer werden. Ein älterer Herr hatte uns im Taxi nach Hause gefahren und mit mir wie mit einem beliebigen Fahrgast gesprochen. Für ihn war ich ein beliebiger Fahrgast. Er schimpfte über die Politiker, die ihm das Auto wegnehmen wollten; die sollten einmal nach China oder Indien schauen. Offenbar hatte er noch nie von einer Maya oder einem *Haus des flüssigen Goldes* gehört. Es war befreiend.

Noch befreiender war es, meine Freundin Wanda in die Arme zu schließen. Sie hielt mich lange fest umschlungen und streichelte meinen Rücken. Ich weinte, Mia blickte mich verständnislos an, Wanda wollte alles wissen, aber ich konnte darüber nicht reden, nicht jetzt. Ich war ihr unendlich dankbar, dass sie Mia mit zu sich nach Hause nahm; ihre Tochter war drei Jahre älter, Mia verehrte sie. Wanda hatte ihren alten Kinderwagen dabei, meiner war noch immer im Kofferraum jener Schüssel, mit der ich Insomniac zufolge nicht mehr fahren konnte.

Als ich auf meiner Couch Milch für Mia abpumpte, sah mich Wanda zum ersten Mal anders an. Kurz, aber anders. Zumindest eines musste ich ihr verraten: wie Insomniac sei. Mia, sagte ich, hätte ihn sofort adoptiert. Über Dario Madabo verlor ich kein Wort. Es gehe bergauf, flüsterte ich Mia zur Verabschiedung ins Ohr, es gehe bergauf. Mia nickte freudig. Aber bergauf war ja viel anstrengender als bergab, und so war das doch eigentlich nicht gemeint. War es genau so gemeint? Oder ging es bloß darum, bald oben zu sein?

»Ist es das, Mia?«

Sie blickte mich fröhlich an.

»Milch«, sagte sie.

Ich deutete auf ihren Rucksack, den Wanda gerade in den Kinderwagen packte. Mia weinte bitterlich, als ich die Tür hinter mir schloss.

55

Ich schickte mein Telefon in den Flugmodus und legte mich auf die Couch; ich musste mich bald wieder aufsetzen, mir war, als würde ich überrollt. Ich saß lange da und versuchte, an nichts zu denken. Ich schloss die Augen und versuchte, die Luft meine Nasenspitze kitzeln zu fühlen. Dann setzte ich mich in die riesige Schaukel auf dem hohen Berg, ich schaukelte höher und immer höher, mit weit ausgestreckten Beinen und zurückgelehntem Rücken nach vor, mit einem kräftigen Schwung zurück, höher und immer höher, bis ich eine Runde um die Stange drehte, ich lachte vor Glück, eine zweite, eine dritte, kurz vor dem höchsten Punkt sprang ich ab, flog in die Luft, atmete tief ein, bis es in einem weiten Bogen hinunterging, über Wälder und Wiesen, über eine kleine Siedlung; ich hatte keine Angst, mir konnte nichts geschehen, ich breitete meine Arme aus und segelte über Felder und einen Hügel, hinter dem ein großer See lag, seine Oberfläche glitzerte, Möwen flogen neben mir her, ich jauchzte, bis ich eintauchte, einen langen Zug machte und meine Arme seitlich anlegte, um geschmeidig durchs Wasser zu gleiten, knapp über dem steinigen Boden, über Plastikflaschen und Dosen, über ein moosüberwachsenes Schiffswrack und ein zerquetschtes Auto, über Kühlschränke und Fische und eine Schatzkiste, ja, eine Schatzkiste, ich wollte sie öffnen, ich wollte umdrehen, aber ich war viel zu schnell, die Schatzkiste, dachte ich, die Schatzkiste ist es gewesen, in ihr hätte ich gefunden, was ich brauchte, und da fiel mir Mia ein, wo war Mia?, ich hatte ja ein Kind –

Draußen war es dunkel. Zum ersten Mal war ich tatsächlich in Clarissas Schaukel gesessen. Ich war mir nicht sicher, ob ich geschlafen hatte, es war eher ein Zwischenzustand gewesen, wie kurz vorm Aufwachen. Ich war nicht mehr auf der Flucht. Ich sagte zu mir selbst: »Ich bin nicht mehr auf der Flucht. Du bist nicht mehr auf der Flucht.« Ich öffnete die beiden Wohnzimmerfenster; ich brauchte frische Luft. Am liebsten hätte ich aus dem Fenster gebrüllt, dass ich zurück sei, mich nicht versteckte, niemals, dass es bergauf gehe, aber ich setzte mich nur auf die Couch. Dann packte ich meine Tasche aus und steckte unsere Kleidung in die Waschmaschine. Den ungewaschenen Trainingsanzug packte ich in einen Müllsack, legte einen Zettel mit Ort und Datum dazu und versteckte ihn unter meinem Bett.

Am nächsten Morgen wachte ich spät auf. Ich hatte wie ein Baby geschlafen. Wanda hatte mich einmal gefragt, welchem Trottel diese Redewendung eingefallen sei. Aber ich hatte Glück, Mia war eine gute Schläferin. Ich stellte mein Telefon wieder auf Empfang. Wanda hatte mir ein Foto unserer Töchter geschickt, wie beide als Fabelwesen verkleidet ausgelassen auf einem Bett hüpften. Mia wolle noch eine Nacht bleiben. Ich schickte Wanda ein pochendes rotes Herz und bat sie, später um Milch vorbeizukommen. Peter hatte mir eine Nachricht geschickt; ich wollte sie später lesen. Diese Ruhe war beruhigend.

Ich räumte unsere Wohnung auf, langsam und sorgfältig, während sich die Ahnung, es gehe bergauf, zur Gewissheit verfestigte. Danach kochte ich mir Nudeln und stand lange mit dem Teller am Fenster. Ich beobachtete unsere Straße, den Massagesalon gegenüber, die Änderungsschneiderei, den kleinen Laden mit den Gemüsekisten auf der Straße, die jungen Männer, die nichts zu tun hatten. Alles war wie immer, wie vorher, nur mit dem Unterschied, dass sich unser Leben dramatisch verändert hatte.

Verändern konnte. Ich hatte nichts, aber vor mir lagen Möglichkeiten, die mir vor wenigen Tagen unvorstellbar gewesen wären. Ich musste sie an meinen Fingern abzählen: vor zehn Tagen. Ich konnte die rollende Festung verkaufen, sie war mehr als eine halbe Million wert; selbst Peter wusste nicht alles. Es war ein Geschenk, es kam von Herzen. Ich würde Geld für die Werbung bekommen, aber nicht so viel, wie es Peter erschienen war; ich bemerkte, wie sich meine Perspektive verschob. Ich konnte Darios Angebot annehmen und bis zu zehn Millionen verdienen, wenn mein Milchüberschuss nicht plötzlich ins Gegenteil umschlug; schon ein Monat bei Dario und seinen Zwillingen genügte, um für immer ausgesorgt zu haben. Ich konnte mein Profil bespielen und für Produkte werben, die ich gut fand. Ich hatte meinen Trainingsanzug. Jetzt konnte ich endlich in Ruhe überlegen.

Ich las Peters Nachricht. Er verstehe das nicht, er könne nicht sagen, wie leid ihm das tue.

56

»Maya hat auch meinen Sohn gestillt. In meinem Haus. Hinter meinem Rücken. Anscheinend liebt sie das – fremde Kinder stillen.«

Esther saß im verdunkelten Wohnzimmer auf einer Couch, Benjamin auf ihrem Schoß. Sie strich ihm langsam über den Kopf, ihre Augen waren wässrig. Sie musste immer wieder innehalten, um sich zu fangen, was die Journalistin dazu bewegte, ihr einfühlsam Zeit zu lassen; es sei verständlich, wenn es Esther schwerfalle, darüber zu sprechen, aber genau das werde ihr guttun. Esther nickte. Und überwand die Schwierigkeit, über *ihre* Geschichte zu sprechen.

Ich hatte ihr also schamlos ins Gesicht gelogen, dass ihr Mann nicht *der* Peter wäre, der mein erster Kunde war. In diesem Zimmer, vor ein paar Tagen, nachdem sie mir Unterschlupf gewährt und mich bedauert hatte, für etwas gefeuert worden zu sein, das nichts als Beifall verdiente. Nichts als Beifall, wiederholte sie.

Über ein Jahr lang hatte ihr Sohn – Esther drückte Benjamin fest an sich – die Milch einer anderen Frau getrunken, die ihn damit abhängig gemacht hatte. Und sie hatte sich geschämt, sich Vorwürfe gemacht, sich bisweilen gehasst und regelrecht verflucht, weil ihr Sohn ihre Milch auf einmal nicht mehr hatte trinken wollen. Ihr Sohn, der ohnehin von Anfang an zart und schwach gewesen war. Sie hatte gepumpt und gepumpt, meist tief in der Nacht, weil sie nicht hatte schlafen können, das Geräusch und die Schmerzen verfolgten sie immer noch, sie hatte verzweifelt weitergemacht, ohne auch nur die leiseste Ahnung vom Grund seiner Ablehnung gehabt zu haben. Ihrem Mann, der das Beste für sein einziges Kind wollte, hatte ich eingeredet, dass meine Milch gesünder, stärker, besser wäre, dass er seiner Frau nichts davon sagen sollte, um sie nicht zu beschämen. Und selbst wenn das der Grund gewesen sein sollte, warum ihr Sohn ihre Milch nicht mehr hatte trinken wollen, sie konnte ihm auch einfach besser geschmeckt haben, so wie er Avocado lieber als Banane hatte, also selbst, nein, gerade dann war meine liederliche Schmierenkomödie die Verhöhnung einer anderen Frau sowie schlicht und einfach das Verfolgen eines ganz anderen Ziels: Macht und Geld.

Sie griff nach den Taschentüchern und wischte sich eine Träne aus dem Auge. Sie *war* sehr verletzt. Sie kämpfte gegen weitere Tränen an. Sie wollte sich nicht mehr gedemütigt fühlen. Sie musste der Welt mein wahres Gesicht zeigen. Sie zeichnete es überzeugend.

Die Journalistin wollte wissen, wie Esther das alles herausgefunden habe.

Esther hatte ein Paket aus dem *Haus des flüssigen Goldes* bekommen, mit drei Päckchen Milch anderer Frauen zum Probieren, weil ich nicht mehr im Haus sei. Ich war ja in ihrem Haus gewesen. Die Kostproben - *Kostproben*, wiederholte sie - hätten lediglich bestätigt, was sie schon gewusst, aber vor sich nur als Ahnung oder schlimmer: Paranoia hatte gelten lassen. Die ganze Zeit über, in der ich bei ihnen war, hatte Benjamin vor ihr keinen Schluck Milch getrunken. War aber nie hungrig. Er war nie hungrig, wiederholte sie.

Und dann kam sie in den Garten, wo ich mit dem Rücken zu ihr im Gras saß, wippend, genau in der Position, in der ich ein paar Stunden zuvor Dario vor dem *Haus des flüssigen Goldes* gestillt hatte. Ich, in ihrem Garten, mit ihrem Sohn auf dem Arm – und meine Tochter abseits, extrem eifersüchtig. Esther hatte es nicht glauben können. Wer hätte so etwas geglaubt, bloß für möglich gehalten. Noch dazu, wo ich, die selbstlose Heldin, ihr kurz davor versichert hatte, dass ihr Mann nicht mein Kunde war. Als ich Esther hinter mir bemerkte, legte ich ihren Sohn schnell an meine Schulter, strich mein Shirt glatt und sah sie beim Umdrehen verlegen an. Ich trug keinen BH. Trotzdem hatte sie es nicht glauben wollen.

Die Journalistin nickte erschüttert. Sie reichte Esther ein Taschentuch. Dann fragte sie, wie ich auf meine Entlarvung reagiert hätte.

»Mit Spitzfindigkeiten«, sagte Esther, »mit hanebüchenen Ausflüchten. Sie konnte nicht einmal für ihre Lüge geradestehen.«

57

Ich schmiss mein Telefon auf die Couch und ging durch meine Wohnung. Etwas in mir ging mit mir durch meine Wohnung, vom Wohnzimmer ins Schlafzimmer, vom Schlafzimmer durchs Wohnzimmer ins Bad, vom Bad in die Küche und in den kleinen Vorraum bis zur Eingangstür und wieder zurück.

Ich machte keine kleinsten Schritte. Ich ging sehr schnell und redete auf mich ein, langsamer zu gehen; ich konnte nicht langsamer gehen, nur flüchtig innehalten, um ein Kissen oder eine Stuhllehne oder einen Schrank zu berühren. Vor dem Kühlschrank mit den Fotos blieb ich stehen. Ich als Baby, ich mit Mia, ich beim Basketball, ich lachend mit einem Glas Wein an einem See. Der Magnet in Herzform über mir und Mia; der Magnet mit Tiger auf mir beim Basketball; der Magnet mit Werbespruch auf mir mit einem Glas Wein am See; der Magnet an der wippenden Vogelfigur auf mir als Baby.

Ein großer Sender hatte *Maya hat meinen Sohn heimlich gestillt* exklusiv ausgestrahlt, während ich mich zum ersten Mal seit langem ausgeschlafen hatte. Eine halbe Million Menschen hatte das Video bereits allein im Netz angesehen. Ich musste mich überwinden, mein Telefon in die Hand zu nehmen. Ich fürchtete mich vor ihm. Ich bekam kaum Luft; von innen pochte es gegen meine Stirn.

Kein verpasster Anruf. Abgesehen von einem Foto, das Wanda geschickt hatte, keine Nachricht an meine Telefonnummer. Ich hatte guten Empfang. Peter hatte sich nicht mehr gemeldet. Ich öffnete mein Profil, um mein Passwort in den Einstellungen zu ändern.

Wanda hatte mir das Foto einer Packung Babymilchpulver geschickt, auf der ein runder Sticker mit meinem lächelnden Gesicht klebte. *Das Beste* stand über den oberen Halbkreis, *nach meiner Milch* über den unteren Halbkreis geschrieben. *Mia liebt sie!*, hatte Wanda unter das Foto getippt. *Milchteufel!*

58

Jaqueline saß in ihrer Wohnung, die etwas größer als meine war. Die Kamera zeigte immer wieder einen sauberen kleinen Tisch, gekippte und geputzte Fenster, den kleinen Dario auf einem glänzenden Parkettboden und die geschminkte und frisch frisierte Jaqueline mit einer Packung Taschentücher. *Jetzt spricht die Mutter des hungrigen Babys.*

Und wie Jaqueline sprach.

Meinem vermeintlichen Berater war es nur um das Foto gegangen. Ich hatte den Mann, der seine Frau mit mir betrog, als einen Freund vorgestellt, während er sich Berater genannt und Jaqueline mehrmals, als wäre sie komplett verblödet, darauf hingewiesen hatte, mich richtig zu markieren. Ich hatte mich naserümpfend in ihrer Wohnung umgesehen und sie so schnell wie möglich wieder verlassen wollen, wobei ich und mein Liebhaber einander angewiderte Blicke zugeworfen hatten, immer mit einem Nicken in Richtung unserer Kinder – als wäre es ein Verbrechen an ihnen, sie diese Luft und diese Armut atmen zu lassen. Zum Abschied hatte ich ihr auch noch gute Ratschläge erteilt, weil aus ihrem Dario sonst nie ein Fußballer und er nie stark und gesund und erfolgreich würde.

Jaqueline weinte und bedeckte ihr Gesicht ein ums andere Mal mit den Händen. Die Kamera zoomte sie immer wieder heran, um das volle Ausmaß ihrer Erniedrigung zu zeigen.

Nachdem wir verschwunden waren, hatte sie mich richtig markiert und sich überschwänglich für die Milch bedankt, die ich im Überfluss, sie aber nicht produzierte. Aber wenn man mein Gesicht auf diesem Foto sah, sah man, wie sehr ich mich zu diesem Lächeln zwingen musste. Daher fühlte es sich falsch und immer falscher an, für mich Werbung zu machen, der Welt meine Gutherzigkeit zu zeigen. Weil eine nach der anderen das Foto teilte und mich dafür feierte, trotz all des Rummels um mein Profil und trotz meiner schwierigen Situation mein Versprechen eingelöst zu haben. Weil ich trotz meines Ruhms eine arme Frau und ihr armes Baby nicht vergessen hatte. Aber vor allem, weil ich ihr im Vorbeigehen zu verstehen gegeben hatte, dass sie falsch lebte, ihren Sohn falsch aufzog und selbst schuld an seiner schwächlichen Konstitution war. Weil ich sie spüren ließ, dass sie eine schlechte Mutter war.

Sagte die Frau, deren Kind ich gestillt hatte. Weil ich es liebte, fremde Kinder zu stillen.

59

Mariella meldete sich auf einem anderen Sender mit trotzigem Gesicht zu Wort. *Muttermilchbetrug? Mayas Ex-Kollegin packt aus.* Und was sie in ihrem Zimmer im *Haus des flüssigen Goldes* alles auspackte. Ihre Empörung war greifbar. Diesmal war sie angezogen.

Ich hatte natürlich alles nur für mich getan, weil ich nicht mehr der böse Stinkefinger, sondern die selbstlose Brust der Nation sein wollte. Aber wie gut und solidarisch war eine Frau, die jeden Tag mit der Nase höher in der Luft durch das Haus stolzierte? Weil ihre Milch die beste und teuerste war! Weil ihre Tochter frecher und mutiger und überhaupt besser als alle anderen Kinder war! Weil sie das Pumpen nicht zu erschöpfen schien! Wobei man sich einmal die Frage stellen musste, ob es überhaupt möglich war, dass eine Frau tagtäglich so viel Milch produzierte!

Ob Mariella damit andeuten wolle, dass nicht oder nicht nur meine Milch unter meinem Namen verkauft worden sei?

Mariella konnte, zum ersten Mal lächelnd, nur sagen, was sie gesehen hatte: Und das war eine Maya, die jeden Morgen mit zumindest einer großen Kühlbox ins *Haus des flüssigen Goldes* gekommen war. Mariella selbst hatte ich nur wie eine lästige, fette Fliege behandelt, immerhin hatte ich mir ihren Namen gemerkt, was bei vielen unserer Kolleginnen nicht der Fall gewesen war, ihren Körper mit abschätzigen Blicken bemessen und ihr gönnerhaft zugeraunt, sie solle heilfroh sein, ihre Milch nicht im Netz verkaufen zu müssen, da bekäme sie nämlich gar nichts dafür.

Und dann erinnerte sich Mariella ganz genau an eine Szene zu Beginn der Proteste. Sie schloss die Augen, um sich an den exakten Wortlaut zu erinnern, mit dem ich ihr die Situation beschrieben hatte: *Das sind Frauen, die sagen: Jetzt hab ich mich neun Monate lang kasteit, nicht geraucht, nicht getrunken, keine Drogen zum Tanzen genommen, hab unter Schmerzen ein Kind geboren, und jetzt soll ich weiter stillen? Ich bin eine fortschrittliche Frau, warum soll ich mich quälen? Und die wollen deine Milch zum Schleuderpreis oder am besten gratis?!*

Um nicht missverstanden zu werden, sagte Mariella nach einer kurzen Pause, in der das Foto mit dem ausgestreckten Mittelfinger eingeblendet wurde und die Kühlbox auf dem Boden neben mir gelb eingekreist war: Sie selbst hatte diese protestierenden Clowns gehasst, weil sie für ihre Arbeit entlohnt werden wollte. Ich aber hatte sie verachtet – so wie alle Frauen, die nicht stillen konnten oder wollten.

60

Beinahe fühlte ich mich geehrt. Ich hatte mir oft gewünscht, mich so elegant und pointiert wie Clarissa ausdrücken zu können. Jetzt waren ihre Worte zu meinen geworden. Ich hätte Mariella sagen sollen, dass sie nicht die Letzte auf der Milchbörse war, weil sie kein Kind hatte, sondern weil sie nur zum Telefonieren auf dem Fahrradtrainer saß und nichts als Süßes fraß. Renata hätte richtigstellen können, dass Clarissa diese Worte an sie gerichtet hatte, um ihre Moral zu heben. Jede andere Goldene hätte es genauso richtigstellen können. Dann hätte sie aber den Vertrag gebrochen, dem zufolge Schulungsvideos ausschließlich für den internen Gebrauch vorgesehen waren – und wie Clarissa mit Vertragsbrüchigen umging, sah man ja an mir.

Nur Dario hatte mir geschrieben. *Stimmt alles nicht, oder?* Es stimmte alles nicht, nein. Andererseits wurden so viele Körnchen Wahrheit zu einer großen Lüge zusammengesetzt, dass man eben nicht sagen konnte: Stimmt alles nicht.

Ich sah mir alles an, was ich mir ansehen konnte. Ich hörte mir alles an, was ich mir anhören konnte. Ich las alles, was ich lesen konnte. Dann legte ich mein Telefon beiseite.

61

Die Reaktionen auf meinen Mittelfinger vor dem Haus waren ein laues Lüftchen gegen das gewesen, was gerade über mich hereinbrach. Drei Frauen, drei Gesichter bezeugten unabhängig voneinander und doch aufeinander bezogen meinen letztklassigen Charakter. Und alle, die es sahen und hörten, hatten es immer schon geahnt: Ich hatte das Baby aus eiskalter Berechnung gestillt; ich selbst hatte besoffen oder in einem anderen bedenklichen Zustand das Schurkinnenbild mit dem Mittelfinger hochgeladen, weil die Rolle der Guten eben nichts als eine Rolle für mich war; ich hatte am nächsten Tag den Schaden begrenzen wollen, indem ich die Kaperung meines Profils erfunden hatte; und ich hatte von Insomniac wohl nicht nur eine Luxuskarre, sondern auch das bekommen, was Madame Gazelle bekommen hatte, man musste ja nur das Foto von uns beiden ansehen.

Es war ein gigantischer Sturm voller Scheiße, der in meine Richtung blies und mich immer vollständiger bedeckte. Zwar gab es Stimmen, die nach Mäßigung riefen, Menschen, die nicht zu vergessen baten, dass es sich um Anschuldigungen, noch dazu strafrechtlich irrelevante, handelte, aber sie wurden wie um Ausgewogenheit bemühte Lehrer beiseitegeschoben. Ich war eine rücksichtslose Egomanin, eine geschickte Manipulatorin, die schwächere und weniger attraktive Frauen verachtete und sich über sie lustig machte. Ich war die, die allen normalen Menschen, allen anständigen Menschen, aber auch allen um mehr Gerechtigkeit bemühten Menschen den Mittelfinger zeigte. Ich war ein einziger monströser Mittelfinger, der sagte: Ihr könnt mich alle mal, hier komme ich. Verneigt euch, applaudiert mir. Ich bin ein Triumph der Natur.

Die sozialen Medien waren voller Fotos riesiger Werbetafeln neben Autobahnen, in U-Bahn-Stationen, in Straßen und Supermärkten. Auf allen Werbetafeln war ich zu sehen, wie ich in jenem Moment lachte, in dem Mia »Bär« geschrien hatte. Dieses Lachen war jetzt ein Auslachen, hämisch, voller Überheblichkeit, und in Verbindung mit dem Slogan *Die beste Milch nach meiner* ein Schlag ins Gesicht von Millionen von Müttern, Kindern und Familien. Mein Lachen war eine Zumutung, eine Verhöhnung, ein Schlag in die Magengrube; es war unverzeihlich. Und es war perfide, weil das endlich wieder erhältliche Milchpulver gekauft werden musste, und neben der Aufforderung, es dennoch, wenn irgend möglich, zu boykottieren, tauchten immer mehr Fotos und Videos von vandalisierten Werbetafeln und Regalen voller Milchpulverpackungen auf, auf denen die Sticker mit meinem lachenden Gesicht mit anderen Stickern überklebt waren, auf denen *Schande*, *–50%* oder *Heute gratis* stand. »Perfekt«, hatte die Fotografin gesagt, »das war's.«

Die Kommentare zu meinem Werbevideo troffen vor Hass. In ihm gähnte ich, ehe ich ruhig und nebenbei, ohne ein Wort zu betonen, als könnte ich jeden Moment einschlafen, *Die beste Milch nach meiner* sagte. Wahrscheinlich hatten die Werbeleute die Müdigkeit einer Mutter, die nicht entnervt, sondern fröhlich-resignativ wirkte, gewitzt gefunden. Jetzt war das Gähnen nichts als meine Arroganz: Ihr langweilt mich unendlich, kauft das Pulver und lasst mich in Frieden. Unterstrichen wurde all das von einem äußerst beliebten Clip, in dem ich auf einem Klappstuhl vor Rosensträuchern saß und in Endlosschleife sagte, als litte ich unter dem Tourette-Syndrom: *Fickt euch. Leckt mich am Arsch. Fickt euch. Leckt mich am Arsch.*

Auf der Seite des Milchpulverproduzenten war die Kommentarfunktion deaktiviert; man könne eine Werbung ablehnen, aber niemals die Würde eines Menschen verletzen. Verletzt war aber die Würde der Menschen, die ich angeblich hasste, für die ausgemacht war, dass ich die Milch armer Frauen unter meinem Namen verkauft hatte, dass ich Mias Vater böswillig sein Kind entzogen, dass ich einen karrieregeilen Journalisten verführt hatte, dass ich das Baby nur gestillt hatte, um fette Autos und gut dotierte Werbeverträge und Insomniac ins Bett zu bekommen. Das könnte ich aber auch von ihnen bekommen, behaupteten Männer, und ich konnte mir ausmalen, wie sie das in den ungelesenen Nachrichten auf meinem Profil detaillierter ausmalten. Hunderte von Menschen fühlten sich bemüßigt, Videos zu verbreiten, in denen sie ihren Unglauben in die Welt posaunten, ihren Zorn, auf mich hereingefallen zu sein, und in denen es um ihre persönliche Enttäuschung ging, um die Unerträglichkeit, überall mein Gesicht sehen zu müssen, *das Gesicht dieser Frau.*

Ich war das Letzte.

62

Ich kam mir schäbig vor. Unter der Dusche wusch ich mich so gründlich, dass meine Haut fleckig wurde. Es könne sehr schnell gehen, hatte Madame Gazelle gesagt. Ich fand das Foto von meiner Ankunft auf ihrem Profil. Die Kommentare darunter waren unsäglich; einen davon fotografierte ich. Jemand drohte – oder kündigte an? –, meine Tochter zu entführen. Drohte. Im Netz gab es kein einziges Bild von Mia, was schließlich sogar Madame Gazelle akzeptiert hatte, die all den abscheulichen Kommentaren gemeinsam geantwortet hatte: *Ich hoffe für sie, dass nichts dran ist.*

Ich war erledigt.

Aber erledigt war nur die auf einmal berühmte Maya, die ich nicht war. Das war eine Figur, die wenig mit mir zu tun hatte. Jetzt wurde diese Figur zerstört. Das fühlte sich erleichternd an.

Ich war nicht diese Figur. Ich war nicht die Große Goldene, nicht die alleinerziehende Mutter, nicht diese Hautfarbe, nicht die Nationalität, die in meinem Pass, nicht die Religion, die in meinem Geburtsschein stand. Ich war alles, was sich damit nicht einfangen ließ. Ich, das, was wirklich Ich war, was meine Unvergleichlichkeit ausmachte – und das war die Antwort auf Peters flapsige Frage, wer ich sei: Ich war das, was nicht mit Frau erklärt war, nicht mit Mutter, nicht mit meiner Hautfarbe, meiner Sexualität, meiner Kultur, meiner

Hyperlaktation, was auch immer. Ich war alles, was darüber hinausragte. Alles, was sich dem widersetzte. Alles, was nicht typisch war. Alles, was mich an *mich* erinnerte.

Mein Gesicht, mein Körper, mein Name aber waren mit dieser Figur verknüpft. Die Menschen, die mich kannten, kannten hoffentlich auch den Unterschied. Die anderen, also sehr, sehr viele, kannten ihn nicht. Von denen gab es dort, wo Dario Madabo mit seiner Familie lebte, bedeutend weniger. Es war die einzige Lösung, und auch wenn ich am liebsten Bier getrunken hätte, nicht nur, weil ich Mia lang genug mit Milch versorgt hatte, würde ich mit dem Bier und den Brüsten, die wieder mir gehörten, noch eine Weile warten müssen. Und ob das jetzt die überraschendste Entscheidung war oder nicht, war mir so gleichgültig wie Esthers Lügen. Vielleicht dachte sie tatsächlich, ich hätte Benjamin gestillt. Vielleicht war das ihre Wahrheit.

Ich griff nach meinem Telefon und bat Dario, uns für übermorgen einen Flug zu buchen, als eine E-Mail der Werbeabteilung angezeigt wurde.

Liebe Maya, schrieb die Chefin, *unter den nunmehr gegebenen Umständen – an denen wir keineswegs unbeteiligt sind – sehen wir uns gezwungen, unsere Zusammenarbeit mit sofortiger Wirkung zu beenden. Wir werden diesen Schritt in Kürze kommunizieren, wollten Dir aber vorab Bescheid geben. Für Rückfragen stehe ich selbstverständlich zur Verfügung. Es tut mir leid, ich schätze Dich sehr. Herzlich…*

Ich drückte auf Antworten.

DANKE!!!

63

Ich dankte ihnen. Ich dankte ihnen für ihren Hass, für ihre Beleidigungen, für ihre Empörung, ich dankte ihnen dafür, alles zu glauben, was über mich gesagt wurde und wird, ich dankte ihnen dafür, eigentlich immer schon gewusst zu haben, wer und wie ich bin. Ich dankte ihnen für die Sticker, die sie über mein Gesicht geklebt hatten, für die Werbeplakate, die sie beschmiert und zerrissen hatten, ich dankte ihnen dafür, die Figur, die sie von mir aufgebaut hatten, wieder zu zerstören. Ich dankte ihnen für ihre Boshaftigkeit und ihre Niedertracht, ich dankte ihnen für alle Lügen und Halbwahrheiten, die sie in ihrer unermesslichen Gerechtigkeit über mich verbreitet hatten. Ich dankte ihnen dafür, dass diese Werbung, die ich niemals hätte machen sollen, gestoppt worden war.

Ständig war ich aufgefordert worden, mein Profil zu bespielen. Jetzt bespielte ich es. Mein Mund war weit aufgesperrt. Ich würde nur einmal aufnehmen, was ich sagte, es nicht schneiden, mich vielleicht verhaspeln oder den Faden verlieren – und wem es bis hierher bereits zu lang war, konnte das Fenster wieder schließen.

Ich war nicht berühmt geworden, weil ich ein hungriges Baby gestillt hatte. Ich war berühmt geworden, weil Madame Gazelle ein Video davon geteilt hatte. Auf einmal war ich eine Marke, die für Selbstlosigkeit und Mut stand. Eine Ware, die an ihrer Reichweite gemessen wurde. Ich bekam unzählige Anfragen; in fast allen ging es um Werbung. Ich hatte noch nie so viel entscheiden und überlegen müssen, und die Überlegungen hatten sich immer darum gedreht: Was bekomme ich dafür? Wie viel sorgenfreie Zeit kann ich mir damit erkaufen? Und was bekommen die dafür, die mir etwas geben? Gewinn oder Aufmerksamkeit, am besten beides. Die einen wollten meine Milch kaufen oder verkaufen, die anderen mit der Marke, die ich sein sollte, ihre eigenen Produkte besser verkaufen.

Das war mein Wohnzimmer. Ich fuhr es mit der Kamera ab. Ich hatte kein Einkommen, aber einen Rolls-Royce Cullinan Black Badge, den Insomniac mir geschenkt hatte.

Ich hatte mein Gesicht, das zufällig berühmt geworden war, dafür hergegeben, dass ein paar Menschen, die eine Ware erzeugen ließen, die sehr viel Geld brachte, noch mehr Geld verdienen konnten. Es waren keine Waffen, nichts, was den Planeten verbrannte, aber es war Irrsinn. Ich bekam viel Geld, damit andere noch viel mehr bekamen. Aber das war doch normal! So war die Welt, so waren die Menschen, so war es eben! Wer so dachte, stimmte zu. Wer so dachte, hatte schon aufgegeben. Wer so dachte, hatte sich ergeben. Ich dankte ihnen, dass sie es nicht so weit hatten kommen lassen.

Und verriet ihnen etwas: Ich hatte nicht Liter um Liter an Milch abgepumpt, um Kindern zu helfen. Das war ein schöner Nebeneffekt gewesen. Ich hatte Geld verdienen müssen, um etwas für meine Tochter und mich beiseitezulegen. Um vielleicht studieren zu können, aber wahrscheinlich, um wieder einen Job verrichten zu müssen, der nichts mit mir zu tun hatte, bei dem ich aber so tun musste, als bereitete er mir unbeschreibliche Freude. Und plötzlich war da das Angebot, auf die andere Seite zu wechseln. Trainingsanzüge verkaufen, die an meinen ikonischen, heroischen Moment erinnern, Milchpumpen bewerben oder Stilltipps geben und dafür von den Herstellern, deren Kleidung ich trug, und von den Produzenten der Produkte, die in und vor den Videos zu sehen waren, Geld zu bekommen, wobei weder die Hersteller noch die Produzenten selbst etwas herstellten oder produzierten. Ich dankte ihnen, mich auch davor bewahrt zu haben.

Weil etwas wie eine Bombe eingeschlagen hatte. Die war aus der Luft gekommen. Dort, wo einmal Häuser gestanden und Menschen gelebt hatten, war jetzt ein Krater. Früher hatte man kämpfen müssen, eins gegen eins. Jetzt drückte man auf einen Knopf. Oder auf *Senden*.

Und ich sagte das alles in die Kamera eines Mobiltelefons, allein in einem Raum. Ich sagte es allen und keinem. Aber ich dachte dabei an Mia, die das einmal sehen würde, weil alles zu bleiben scheint.

64

Ich war heilfroh, dass Mia bei Wanda war und mich nicht sehen konnte. Ich vermied es, in den Spiegel zu blicken, weil ich nicht sehen wollte, dass mich all das viel mehr mitnahm, als ich mir eingestehen wollte. Bis auf Anrufe und Mitteilungen an meine Rufnummer hatte ich alle Benachrichtigungen deaktiviert. Von Zeit zu Zeit schaute ich auf meinen Sperrbildschirm. Ich hoffte auf eine erlösende Nachricht, auf einen beruhigenden Anruf. Aber nichts. Es war, als ob ich im Flugmodus wäre und nichts zu mir durchdränge.

Nur Dario hatte schnell geantwortet. Er würde mir keine Tickets schicken, sondern seinen Privatjet, in dem ich während des Fluges mit Mia in einem großen Bett schlafen oder mich ausruhen könnte. Er hatte ein paar Fotos geschickt. Ich hatte nicht gewusst, dass es in einem Flugzeug ein Badezimmer mit Dusche geben konnte. Dario wollte mir sobald als möglich mitteilen, wann sein Flugzeug lande. Ein Fahrer würde Mia und mich von zu Hause abholen, am Flughafen müssten wir in keiner Schlange auf die Sicherheitskontrolle warten, wir kämen direkt ins Flugzeug, das gleich darauf startete. Ich kam mir wie ein armes Waisenkind in einem Märchen vor, das seines reinen Herzens wegen von einem Prinzen auserkoren wurde. Mein erster Flug war in Madame Gazelles

Helikopter gewesen, mein zweiter würde in Dario Madabos Privatjet sein. Er hatte, wie ich nach einer kurzen Recherche sah, zwei davon. Einen für kürzere, einen für längere Flüge. Der eine hatte 25 Millionen, der andere 75 Millionen gekostet. Wenn er nicht trainieren und spielen müsste, hatte er geschrieben, würde er mitkommen, um uns abzuholen. Mein dritter Flug würde wahrscheinlich zum Mars sein.

Eine Nachricht von Clarissa ging ein. Sie schickte mir bloß einen Link. Es war der Todesstoß. Ich nahm ihn an.

»Maya hat das nicht gesagt«, sagte sie in ihrem Büro und blickte ernst und ruhig in die Kamera, »*ich* habe gesagt, was Mariella Maya böswillig in den Mund gelegt hat. Selbstverständlich wurde niemals Milch unter Mayas Namen verkauft, die nicht ihre war. Das ist eine Verleumdung, gegen die ich rechtlich vorgehen werde. Mariella hat mittlerweile das *Haus des flüssigen Goldes* verlassen. Das ist allerdings nicht die einzige Veränderung hier. Ich werde Sie in den nächsten Tagen persönlich davon in Kenntnis setzen.«

Das war lieb. Das war ehrlich. Aber es war ein Tropfen auf einem heißen Stein. Der heiße Stein hieß auch Mariella. Jetzt war sie meinetwegen auch noch gefeuert worden. Ich beschwor mich, nicht verrückt zu werden. Ich wollte und durfte nicht denken, dass Mariella unter einem Pseudonym die Entführung meiner Tochter angekündigt hatte.

Ich nahm mir einen Zettel, um aufzuschreiben, was wir in unser neues Leben mitnehmen wollten. Es gab, laut Dario, keine Beschränkung beim Gepäck. Außer Kleidung, Mias Spielzeug und Büchern fiel mir nicht viel ein. Ich nahm die Fotos und die Magnete vom Kühlschrank.

65

»Es tut mir nicht leid.«

Clarissa stand mit einem Strauß Lilien und einer Flasche Champagner vor der Tür. Die Blätter waren dunkelviolett und an den Rändern orange, die Zünglein leuchteten gelb. Sie sah aus wie in meinen schönsten Erinnerungen. Es war spät. Ich hatte einen Koffer für mich und einen für Mia gepackt. Ich fragte nicht, wie sie ins Haus gekommen war.

»Ich hab dich vermisst, Maya.«

Clarissa breitete die Arme aus, die Lilien in der einen, den Champagner in der anderen Hand. Ich ließ mich umarmen, Clarissa drückte mich fest an sich; ich spürte, wie bewegt sie war. Ich musste das alles nicht verstehen. Ich sah sie zum letzten Mal.

»Aber es tut mir nicht leid. Darf ich es dir erklären?«

Clarissa trat ein und legte den Champagner ins Eisfach einer Küche, in der sie nie zuvor gewesen war. Sie ging ins Wohnzimmer und setzte sich auf einen Stuhl, auf dem sie nie zuvor gesessen hatte. Ich setzte mich auf die Couch, sie überschlug ihre Beine und lehnte sich nach hinten; dann beugte sie sich nach vor, die Ellenbogen auf den Oberschenkeln abgestützt.

»Ich liebe dich, Maya. Das ist das Erste. Es tut mir nicht leid, was ich getan habe, weil wir sonst nicht die wären, die wir hier und jetzt sind. Es war falsch, dich zu feuern – und das einzig Richtige. Ansonsten hätten wir weitergemacht wie bisher, ordentlich verdient, alles auf Schiene. Hättest du einmal nicht mehr pumpen wollen, hätte ich dich in die Verwaltung geholt.«

Sie schüttelte kurz den Kopf.

»Wir haben die beste Muttermilch, unbestritten. Aber die beste Muttermilch stärkt nur Kinder eines vergangenen Zeitalters.«

Ich musste an die Neandertaler denken, deren Auferstehung ich hätte bewerben können. An die Labormilch, von der Clarissa gesprochen hatte. Clarissa ließ mir keine Zeit.

»Wir brauchen eine andere, eine angereicherte Muttermilch für die Menschen der neuen Zeit. Die Menschen sind für das kommende Klima nicht geschaffen. Sie müssen sich anpassen, widerstandsfähiger werden. Und wo soll diese Widerstandsfähigkeit einsetzen, wenn nicht am Beginn eines Lebens? Wie die Babys mit der Muttermilch die Abwehrkräfte der Mutter aufsaugen, müssen sie Abwehrkräfte gegen eine Erwärmung des Planeten aufsaugen, die kein Mensch jemals zuvor erlebt hat.«

Das war das Projekt, dem sie sich von nun an widmen wollte. Milch war ein ganz besonderer Saft. Sie wollte etwas hinterlassen – nicht nur auf ihrem Konto. Sie hatte lange genug mitgemacht.

Ich wollte etwas sagen; Clarissa hob kurz die Hand.

»Und jetzt hör gut zu.«

66

Clarissa liebte das monotone Geräusch der Pumpen. Sie konnte sich nicht satthören daran. Es war Musik in ihren Ohren, die Große Symphonie der Säugetiere. Jeder Zentiliter Milch, der in ein Fläschchen plätscherte, ließ ein Gehirn wachsen, jeder Zentiliter härtete Knochen, jeder Zentiliter stärkte ein Immunsystem; jeder Zentiliter war flüssiges Gold. Das war Werbesprache und die Wahrheit. Die Wahrheit war auch, dass ihr Milch im Grunde egal war. Diese Milch. Und sie war die Dirigentin dieses handverlesenen, aber auch illustren Orchesters.

Sie lächelte kurz, als verscheuchte sie eine Erinnerung, die nicht länger ins Gewicht fiel.

Die wollte sie aber nicht mehr sein.

Sie übergab das Haus den Frauen; ihre Anwältinnen bereiteten schon den Vertrag vor. Sie wollte bloß ein Zimmer, um an ihrem Projekt arbeiten zu können. Sie würde eine Zeitlang kleinere Brötchen backen müssen. Clarissa lachte. Jetzt redete sie schon wie eine Kleinbürgerin! Sie hatte nie Brötchen gebacken. Sie würde nie Brötchen backen. Ihr war klar, dass ich nicht mehr zum Pumpen ins Haus wollte. Ich hatte genug gepumpt und bestimmt genug vom Pumpen.

Ich wollte etwas sagen; Clarissa hob kurz den Zeigefinger.

Sie wollte mich für die Transformation des Hauses gewinnen. Die Frauen sollten in Hinkunft alles gemeinsam entscheiden, wie viel und warum gepumpt wurde, welche Preise oder welchen Preis sie verlangten. Sie sollten über ihr Einkommen entscheiden, sie sollten entscheiden, wie viele im Haus arbeiteten und ob und welchen Plan es für die gab, die nicht mehr pumpen, aber im Haus bleiben wollten. Sie konnten die Kindergruppe ausbauen, eine Schule aufbauen, Laktoseberatung anbieten, Kinderbücher schreiben, sie konnten über die Verwendung all der Annehmlichkeiten des Hauses nachdenken, die bei genauerer Betrachtung doch nur zur Leistungssteigerung da waren. Den Frauen konnte so viel einfallen, woran sie noch gar nicht gedacht hatte, weil sie nie *so* gedacht hatte. Sie übergab das Haus, wie es war. Die Frauen konnten alles ändern, ihretwegen selbst den Namen.

Clarissa deutete auf mich.

Ohne meine Entlassung wäre sie weder an diesen Punkt gelangt noch hierhergekommen. Niemand hatte ihre Entscheidung gutgeheißen, alle hatten sie abgelehnt, bis auf die paar Arschlöcher, die ihr auf die Schulter geklopft und ihr geschrieben hatten, sie habe Eier gezeigt.

Es waren aber nicht die Eier. Es war das Prinzip. Es war scheißegal, ob eine Frau ein Unternehmen, eine Bank, einen Staat leitete. Ja, wir durften an der Ausbeutung der Menschen und der Zerstörung des Planeten teilhaben, gleichberechtigt, das war nur billig, aber sie wollte das nicht mehr. Als Kind hatte sie mit ihrer besten Freundin stundenlang Monopoly gespielt. Das eine waren die Regeln, das andere das Prinzip des Spiels selbst gewesen. Und schon hatten sie ein zweites und drittes Hotel gebaut, wo man nur eines bauen durfte. Schon hatten sie selbst Geldscheine gebastelt, weil es kein Geld mehr gab. Clarissa hatte ihr Haus immer gegen jenes Unternehmen gesetzt, das eine Zeitlang Muttermilch aus einem ostasiatischen Staat importiert hatte, bis dieser Staat dem Export einen Riegel vorgeschoben hatte. Die hatten gesagt: Aber die Frauen dort, wir bezahlen sie gut, sie verdienen so viel, wie sie ansonsten im Leben nicht verdient hätten. Clarissa hatte es anders und die Goldenen zu Unternehmerinnen gemacht. Ich musste zugeben, dass sie uns nicht ausgebeutet hatte. Aber wir waren von ihren Strukturen abhängig. Das änderte sich jetzt. Sie musste einen Schritt weitergehen. Und ich musste jetzt auch nichts sagen. Sie wollte mich zurück – und Mia, die sie als eine Art Tochter sah, allerdings mit dem entscheidenden Vorteil, sich nicht ständig um sie kümmern zu müssen, konnte selbstverständlich in die Kindergruppe des Hauses zurückkehren, das war Clarissas einzige Bedingung. Sie konnte mir zwar nicht annähernd so viel bieten wie Dario Madabo –

»Woher weißt du das?«

»Das weißt du. Anna hatte dein Passwort. Diese pubertäre Retourkutsche tut mir leid, Maya. Es war auch lächerlich, anzunehmen, Dario Madabo könnte glauben, du hättest ihm einen Mittelfinger geschickt, kurz nachdem ihr eine knappe Stunde telefoniert hattet. Ich kann eins und eins zusammenzählen, Maya. Ich bin Rechenkönig.«

»Bist du deswegen gekommen?«

»Ich will nicht, dass du weit entfernt von mir Amme für die Reichsten wirst. Verzeih mir. Ich habe dir die Schlüsselkarte verziehen. Wie du das den anderen Goldenen erklärst, ist deine Sache.«

Ich konnte nicht in dieser Wohnung bleiben. Das stand für Clarissa fest. Ich sollte mit ihr nach Hause kommen, nicht ins *Haus des flüssigen Goldes*, in ihr Zuhause, bis Mia und ich ein eigenes gefunden hätten; aber nicht, bevor Clarissa mir jemanden vorgestellt hatte, der mir helfen konnte, meine Geschichte aufzuschreiben. Für die es vorab ein hübsches Sümmchen gab, ein Buch, ganz klassisch. Sie wollte – Clarissa lachte – nur eine Provision.

Ich deutete auf den Kühlschrank.

»Hol den Champagner.«

Wir hatten Glück gehabt.

67

Peter hat Madame Gazelles Autobiografie geschrieben. In *Ich, Madame Gazelle* werde ich auf Seite 567 in einem kurzen Absatz als eine namenlose Frau erwähnt, die mit dem Stillen eines fremden Babys kurz berühmt wurde, aus falschem Stolz und Starrköpfigkeit aber nicht in der Lage war, etwas daraus zu machen. *Man hat nie wieder von ihr gehört.*